ファン文庫

仏師伊織と物語る像

佳子

マイナビ出版

【目次】

……プロローグ……

祖父、一男《かずお》が仏になった。秋晴れの穏やかな日が続いていたところに、いきなり冷え込んだのが堪えたのだろう。朝のタケノコ畑で土を運ぶ作業中に倒れたらしい。齢《よわい》八十を超えていたし、「先は長くない」と本人も予告めいたことを度々口にしていた。けれど。見た目はすこぶる元気だったから、現実味をもって考えられなかった。

結局、寿命がいつ尽きるかなんて誰にもわからない。別れは突然だ。

黒野《くろの》麿夢《まろむ》は喪服も用意できていなかった。間に合わせに着た黒いセーターとチノパン姿で、斎場の一般参列者席の最後列に小作りな体をいっそう縮めて座っている。

葬儀参列者は六、七十人ほど。故人は老人とはいえ、現役で農業に従事していたうえ不動産業を営んでいた。それなりに盛大な葬式をせざるをえないのだろう。色とりどりの生花で飾られた祭壇が、焼香の煙の向こうにおぼろに浮かんで幻想的に見える。

三途《さんず》の川の川岸にある花畑はこんな見え方をするのではなかろうか。

くだらない妄想をしながら、麿夢は半ば本気で祭壇の向こうがあの世だったらいいと思っていた。痛みも恐怖もなくこの世を去れるなら喜んで三途の川に飛び込むのに——。

磨夢はいわゆるニートだ。社会の中で何の役にも立っていない無価値な人間。だけど、自ら命を絶つ勇気はない。

そんな磨夢を唯一許してくれていたのが祖父だ。祖父の訃報《ふほう》を受けて、悲しみと同じくらい——いや、それ以上に——不安に襲われた。それが情けなくて、申し訳なくて、消えたくなった。しっかりしなければ、と思うほど嘔吐《おうと》感と体の震えが止まらなくなる。おかげで祖父が搬送された病院には駆けつけられなかったし、通夜にも出られなかった。何とか葬儀に来たものの、今も床が揺れているような眩暈《めまい》を感じている。

葬儀の式次第は『別れ花』という最終項目に移っていた。参列者が花を一輪ずつ棺に捧げ、故人と最後の別れをする儀式らしい。これが一般的な葬儀の題目か、この斎場特有のものか、二十二年の人生で初めて葬式を経験する磨夢にはわからなかった。司会のアナウンスに従って最前列から順に席を立つ。角砂糖に引き寄せられる蟻《あり》のごとく、喪服姿が連なって祭壇前の白い棺に向かっていく。

親族は花を手向けた後も棺の傍らに留まり、後に続く参列者に挨拶をしているようだ。見覚えのある顔がいくつか見え、磨夢の背中に嫌な汗が伝った。磨夢はそっと列を外れ、柱の陰に隠れた。棺に近づけば嫌でも人目に付く。ただでさえ人の集まるところは苦痛なのに、ここは磨夢の存在を快く思わない人ばかりの針の筵《むしろ》だ。もう帰ろう、と出口に向かいかけたとき、一輪の白いユリが麿夢の眼前に差し出された。

「どうぞ、お花を棺へ。故人様と最後のお別れをなさってください」

葬儀社の女性スタッフの声が響いて、棺を囲んでいた面々が一斉に麿夢に注目した。

祖父の血縁者たち、——だが、麿夢とは全く血の繋がりがない——親族衆だ。

「あら、あれが蒸発した後妻さんの？」

「ええ。後妻とその娘が置き去りにしていった子よ。小柄で女の子みたいでしょう？」

「中高一貫の名門校を中退しちゃって、今はアパートに引きこもってるんですってね」

「レンゲ荘ね。あの物件はあの子に譲るようにって一男さんが遺言で」

麿夢の人物評をささめき合う冷たい声が鼓膜を擦る。

祖父は敷き詰められた花に埋もれていた。花の匂いに混じった微かな腐敗臭が鼻腔を刺す。蠟《ろう》人形を思わせるのっぺりとした顔。嗅覚と視覚から祖父の死を実感した。

「病院にも通夜にも顔を出さないなんて薄情だな、麿夢君。遺産を分けてもらうくせに」

ふいに声をかけられ、棺の向かい側からグレーヘアの男に睨《にら》まれた。たしか祖父の最初の妻の娘の配偶者だ。麿夢からすれば伯父にあたるのだろうか。

「アパートをねだって遺言書を書かせたんだろ？　お義父さんは君に甘かったからね」

遺言なんて知らない。麿夢は黙って首を横に振った。祖父にレンゲ荘の管理を引き継ぐように言われたことはあったが、それが相続の話だとは思っていなかった。

「そんな芝居は要らんよ。レンゲ荘と仏像を一体、君に譲ると書かれていた。仏像って何なんだ？　蔵にあるお義父さんの骨董《こっとう》コレクションの中にはそれらしいものはなかったが……もう、もらっているのかね？」

「仏、像……いえ、ない、です……」

全く心当たりがなく、麿夢は蚊の鳴くような声でおずおずと答えた。

「本当に？　君は信用できないからなあ。何の繋がりもない赤の他人に高い学費を払わせて、私立の学校に入ったかと思ったら途中で逃げて、与えられた住処に引きこもって働きもしない。もらうだけもらって何も返さない、ただの遺産泥棒だよ。――それで？　仏像ってどんなのをもらったの？　高価なものか？」

早口でまくし立てられ、麿夢は俯《うつむ》くしかなかった。

「まあまあ、こんな場所だから」と親族の女性たちが伯父を宥《なだ》めている。

辛いけれど、伯父の言っていることは大方間違っていない。やもめだった祖父は六十代で麿夢の祖母と再婚した。祖母の娘、つまり麿夢の母親は、二歳になる麿夢をシングルで育てていた。そして麿夢の祖母と母親は、再婚から半年余りで祖父に麿夢を押し付けて失踪してしまったのだ。しかし、遺産の相続の話は寝耳に水だ。仏像とは――。

「おそらく、こちらの地蔵菩薩《ぼさつ》像のことでしょう」

唐突に、明瞭で心地よい若い男の声が磨夢の左隣から降ってきた。

――え？　顔を上げると、微かな微笑を湛《たた》えた端整な木像のご尊顔と目が合った。僧侶のような剃髪《ていはつ》に波打つ法衣を纏《まと》い、錫杖《しゃくじょう》を持ったお地蔵さんだ。

さらに上向くと、磨夢の目線よりも二十センチばかり高いところから、これまた品の良い切れ長の瞳の青年が流し目に磨夢を見下ろしていた。三十歳前後だろうか。肩まで伸ばした黒髪は、常人では野暮ったくなりそうなものだが、彼の神秘的な雰囲気に馴染んで優美だ。細身の長軀《ちょうく》に漆黒のスーツがよく似合っている。その手に抱えられているのが、最初に磨夢の目に飛び込んできたお地蔵さんだった。

周辺の人がざわついて、ため息のような息遣いを漏らした。皆が突然現れた仏像青年に見惚《みほ》れていた。

「なんだ、君は」

眉を顰《ひそ》める伯父に、青年は目を見張るほど爽やかな笑顔で応えた。

「はじめまして。仏師の三玉伊織《みたまいおり》と申します。黒野一男様のご依頼でこちらの地蔵菩薩像を彫らせていただきました。お孫さんの磨夢様にお届けするよう承っておりました」

「ただのインテリア仏像か。価値があるものじゃないな。その子にやってくれ」

「価値があるものとは？」

地蔵菩薩像を大切そうに抱えた伊織が首を傾げると、伯父は面倒くさそうに答えた。

「昔の有名仏師が作った作品とかね。そういうものなら、無職の若者に持たせるわけにはいかん。見合った場所で、相応《ふさわ》しい者が管理するべきだ」

「なるほど。そういう意味でしたか。こちらは、黒野様のお宅のお庭で育った樹齢約二百年のケヤキからお姿を現された仏様です」

「庭の、ケヤキ……」。呟いた伯父の表情が険しくなった。

「はい。黒野家を代々守られてきた仏様のご加護を価値のないものとおっしゃるなら、そうですね、そういう方にはご縁のない仏様でしょう。先祖代々という考えも古いですし、血縁に関係なく加護を受けるのにふさわしい方もおられますので」

伊織の丁寧で耳当たりの良い声には鋭い棘《とげ》があった。伯父にはその棘が刺さったようで、あからさまに傷ついた顔をした。

「ま、まあ、いい。麿夢君、それは遺言通り受け取りたまえ。だが、これからはお義父さんみたいに甘えさせてくれる人はいないぞ。もっとしっかりしなさいよ」

伯父はそう吐き捨てると離れていった。

ケヤキを切ったのは母屋の隣に娘夫婦の家を建てるためだ。古木には神仏が宿ると信じていた一男は伐採に反対したが、娘夫婦に押し切られた。伯父は黒野家からケヤキを退けた張本人なのだ。その後、伯父は事業に失敗したり、ちょっとした病気をしたりして、罰が当たったのではないかと気弱になっていた時期があったらしい。

伊織は悪戯《いたずら》っぽい笑みを浮かべ磨夢に目配せした。祖父から伯父のことを何か聞いていたのだろうか。そうでなくても、彼は人の悪意など見透かしてしまいそうな気もする。

「一男さんに完成した地蔵菩薩像を見ていただきたかったです。出来上がりを心待ちにしておられましたから。急なことで……寂しいですね」

伊織は静かに棺の中の祖父を見つめてから、磨夢に向き直った。

「君にここでご挨拶できてよかったです。これからお世話になりますし」

「お、世話？　それは、どういう……」

「私は明日からレンゲ荘に入居させていただくんですよ。ご存じなかったですか？」

……第一章　救済の地蔵菩薩……

薄暗い部屋に寝ころんでうつらうつらとしていると、いつの間にか、祖父の一男が笑みを浮かべて磨夢を見下ろしていた。

あれ……どうして？　爺ちゃんは、もう——。

『磨夢、お前はなんでひきこもったんだ？』

唐突な問いに目を見張る。社会からはみ出した磨夢を一男は誰よりも案じていただろう。だが、これまで一度も理由を聞かれたことはなかった。

爺ちゃん、僕は。

答えようとしても縫い付けられたように口が開かない。一男の顔が落胆で歪んだ。磨夢は慌てて一男の方へ手を伸ばそうとした。しかし、指の一本も自分の意思で動かせない。そこで、これは夢だと気づいた。磨夢の後悔が見せている夢だ。

磨夢は祖父の死に際に病院へ駆けつけなかったことを悔いていた。本家の家族の目など気にせず、傍にいればよかったと。葬儀から帰った後、そう思いながら眠ったから。

一男の表情が落胆から怒りに変わる。

『どうして死に際に会いに来なかったんだ！』

聞いたことのない一男の厳しい口調。夢の中の麿夢は耐えきれずに目を逸らした。

麿夢は肝心なところで逃げ出して、後悔する。――五年前と同じだ。

『なんで来てくれなかった？』

祖父の声が突如若い男の声に変わった。こちらも聞き覚えのある声。咄嗟《とっさ》に顔を上げると、正面の人影がぐにゃりと形を変えて高校時代の同級生の顔を表した。

――良平《りょうへい》？

その名前を思った途端、彼の形は弾けてなくなった。『待っていたのに！』という声と同時に。

「良平！」

麿夢は自分の叫び声に驚いて目を覚ました。視界に飛び込んできたのは、炬燵《こたつ》の天板の上に、すっくと立つ小さな人影――。

「うっ、うわっ」

跳び上がるのと同時に脳が覚醒する。そうだ、影は人でなく地蔵菩薩像だ。昨日の葬儀でもらい受けたものの、設置場所に困ってとりあえずここに置いたのだった。

びっくりするじゃないか……。

緊張を解いて再び床に伏したとき、珍しく玄関チャイムが鳴った。磨夢は布団代わりの炬燵からのろのろと這い出し、床に散らばる物に躓《つまず》きながら玄関に向かう。チェーンをかけたままドアを開けると、眩しい光と共に美声が流れ込んだ。

「おはようございます、磨夢君」

彫刻のような端整な顔が覗く。仏師の三玉伊織だ。

「み、三玉さん、……あれ？　今、な、何時ですか？」

「もうすぐ九時ですね、お約束の」

そういえば、葬式の帰り際に、伊織が入居する部屋の鍵を渡す約束をしたのだった。

「隣の一〇四が管理人室なので……」と案内しかけて、一男はもういないのだと思い返す。バタバタと奥に戻って隣の管理人室の鍵を取り、サンダルをつっかけて外へ出た。

伊織は肩までの髪を後ろでひとつに括って、濃紺の作務衣《さむえ》を着ていた。仕事着なのだろう。足元はスニーカーだ。スーツ姿ほど近寄り難さはないが、ラフなスタイルにもそこはかとない気品が滲んでいる。磨夢は自分の毛玉だらけのスウェットに目を移して、いまさらながら気後れを感じた。

「に、二〇四号室は、内装を、新しくしてあるので……」

気まずさを繕うつもりで、柄にもなく明るい声を出して伊織を仰ぎ見る。と、背景のレンゲ荘があまりに伊織に不似合いな気がして口ごもった。なにせ田んぼに囲まれた鉄筋モルタル二階建て、築二十年の洒落《しゃれ》っ気のないアパートだ。伊織の工房からそれほど遠くないとはいえ、もっと条件が良い物件が京都市内で見つかりそうなものではないか。

「あの……いいんですか？　ここで」

改めて問うと、伊織は質問の意味がわからないという表情で見返してくる。

「ええ。静かで良いところだと一男さんにお聞きして、ぜひここで暮らしてみたいと」

「それは、まあ、静か、ですけど」

それだけの理由ならここでなくてもいい気がする。納得しきれないが、人にはそれぞれ考えや事情があるのだ。詮索する必要はない。

思い直して管理人室のドアノブに手をかけたとき、チリンチリンと鳴る鈴の音とアスファルトを転がる車輪の音が聞こえてきた。白髪の老女がスーパーのカートを押してアパートの敷地に入ってくるところだった。籠には食品が大量に入っている。鈴は彼女の手首に掛かっている巾着袋に付いたキーホルダーだ。

「ああっ、ヨシ乃《の》さん！　またカートを持って帰ってきちゃって」

磨夢が思わず叫び声を上げて項垂《うなだ》れると、伊織が「ヨシノさん？」と疑問形で呟いた。

「え、ええ。米川《よねかわ》ヨシ乃さんは僕の隣の一〇二号室の住民で……」

　ヨシ乃は磨夢と伊織の姿を認め、やや速度を上げて近付いてくる。膝が薄くなった灰色のズボンに色褪《いろあ》せた小豆《あずき》色のジャンパーを羽織った、野暮《やぼ》ったいおばあちゃんだ。単なる店子《たなこ》なのに、なんとなく伊織に引き合わせるのが恥ずかしい。ヨシ乃は磨夢の憂いをよそに伊織の前に立ち止まり、「あらまあ、仏様みたいにきれいなお顔」と目を細める。伊織はそれに応えて自己紹介した。

「ここへ引っ越してきたの？　それはよかった。あなたみたいな背が高い人が来てくれたら大家さん大助かりだわ。廊下の電球を換えるのも苦労してるのよ」

「ヨシ乃さん、……爺ちゃんは、もういないですよ」

　昨日葬式に出掛ける前にも言ったのに。磨夢はため息を嚙み殺して言った。

「あらやだ、残念なことねえ」

　ヨシ乃は悲しげに眉を下げるが、磨夢の虚無感は理解できないだろうし、きっとこの会話も忘れてしまう。ため息を吐《つ》いた瞬間に伊織と目が合い、磨夢は愛想笑いを作った。伊織もヨシ乃が軽い認知症を患っていることに気付いたに違いない。

　磨夢は鍵のかかっていないヨシ乃の部屋のドアを開けてカートの荷物を押し込んだ。

「カートは僕が後で返してきます。商品のお金はちゃんと払いました？」

「当たり前でしょう。おかしなことを言う子ね」

「スーパー五代《ごだい》の店長さんが後から集金に来たことがありましたよ」

「そんなことあったかしら」

腑に落ちない、という態度でヨシ乃さんは自室に帰っていった。

スーパー五代は地元密着型のスーパーだ。面倒が起きないように、祖父はヨシ乃のことを店に伝えていたのかもしれない。支払い忘れも大事にはならなかった。度々カートを返しに行かされる麿夢も、五代の店長とはすっかり顔見知りになっている。

伊織がスーパー五代の看板が見えるバス通りの方へ視線を向けた。

「近くにスーパーがあるのはいいですね」

つられて麿夢も稲刈り後の殺風景な田んぼが広がるのどかな風景を見渡す。その手前にあるレンゲ荘の駐車場に見慣れぬグレーの車を認めた。車内空間が広そうな観音開きのバックドア。伊織の車だろう。荷物がいくらか入っているようだが、引っ越しの荷物にしては少なすぎる。

「あれ三玉さんの車ですよね？　他の荷物は……引っ越し業者はいつ来るんですか？」

「業者は頼んでいません。荷物はあれだけなので」

「そう、ですか。えっと、では、ゴミ出しのこととか、簡単なきまりを書いた書類はポストに入れておきますので……」

「ああ、でしたら、私が後ほど麿夢君の部屋へ取りに伺います。地蔵菩薩像の台座や光明の飾りを持ってきましたので、取り付けなければいけませんし」

「え……あの仏像に、飾りが付くんですか……」

仏だけでも高さが六十センチほど、幅も奥行きも三十センチ近くあり、かなり場所を取る。それを置くために、炬燵の上の物を寄せて積み上げ、何とかスペースを作った現状を思い返して青くなる。

——待って、三玉さんがあの部屋に来る？


麿夢の部屋には万年床ならぬ万年炬燵が、畳敷きの六畳間の中央に鎮座している。それを挟むようにローチェストとテレビ台が左右の壁に沿って置いてある。それら家具の上と床にあるのは、本や雑誌、ゲームソフトの山だ。ところどころで雪崩《なだれ》が起きていて、足の踏み場もない。

伊織の訪問までに掃除しておこうと足掻《あが》いたが間に合わなかった。片付けに夢中になるあまりチャイムが鳴ったことに気づかず、鍵をかけ忘れていた玄関ドアを伊織に開けられた。

「麿夢君、君はいつも、どこで寝ているんですか？」

驚いて腕に抱えていた漫画本をバラバラと落としてしまった。

「ええと、寝る……のは、この炬燵で、す」

しどろもどろに返事をすると、ひんやりと睨まれた。

「もしかして、夏も？」

うっ、と言葉に詰まり、観念して頷く。夜も昼も、夏も冬も、ひきこもってからの五年間、大半をこの炬燵で過ごしている。布団カバーはくすんでいるうえ、若干カビ臭い。季節だから炬燵を出した、というわけではないことは一目瞭然だろう。

伊織が悩ましげにこめかみを押さえた。

「ひきこもっていると聞いていましたが、ここまで堕落した人には見えませんでした。ヨシ乃さんには一丁前にしっかりしたことが言えていましたし」

「あ、あの人よりは、ちゃんとしてますから」

「ほう、ヨシ乃さんは君より頼りないですか？　彼女は、食材の買い出しに行っていますし、自炊できているのでしょう。君は？　食事はどうしているんです？」

「い、今までは……晩御飯を、爺ちゃ……祖父が……用意してくれて、祖父の部屋で一緒に……。他は、寝てて……あんまり食べないので」

伊織はうーんと小さく唸って腕を組んだ。

「そんな生活をしているくせに、髪や髭は整っていますよね」

「そ、それは、バーバー双葉《ふたば》の武藤《むとう》さんが、そろそろ来いと、連絡をくれるんで……。髭はもともと濃くなくて」

「フタバのムトウさん？」

「爺ちゃんの知り合いで……夫婦で経営してる床屋です。葬式にも来てくれてました」

バーバー双葉は介護施設の出張カットサービスなどもしていることもあって、高齢者のお客が多い。若い麿夢が散髪に行くと武藤夫妻は喜んで、夕飯に誘ってくれる。「成人した息子が寄り付かなくて寂しいから」と、大量の唐揚げを食べさせてくれるのだ。

「なるほど。全く動かないわけではないんですね。今日は仏様をお迎えするので部屋を片付ける気になったと。……いいでしょう。私も掃除を手伝います」

伊織は、地蔵菩薩像の台座などが包まれているらしい白い布の塊を玄関の靴箱の上に載せて、腕まくりした。

「そんな、み、三玉さんも荷ほどき、大変ですよね？」

「私の方は大丈夫です。この部屋より片付いていて清潔ですから」

「……すみません」

「いいえ。ところで、ここは履物を脱いで上がるのですよね？」

「は？　は、はい！　汚いところですが土足はやめてください」

伊織は仏のような顔をして、意外と意地悪だ。


磨夢は二歳のときに母と祖母と一緒にレンゲ荘の一〇四号室に入居した。祖父一男が磨夢の祖母と再婚したのはその後だ。周囲の反対にあって別居婚という形をとったらしい。磨夢の母親と祖母が失踪したのは、結婚からたった半年後。それで一男が本家を出て磨夢と暮らし始め、一〇四号室を管理人室にした。

磨夢は一男とふたりきりになってからのことしか覚えていない。農作業をする祖父に連れられて田畑で遊び、レンゲ荘では祖父の膝に座って工作をした。母親に会いたいと思わずにいられたのは、祖父が十分に愛情を与えてくれたおかげだろう。それに甘えすぎて、磨夢の心は少々軟弱に育ったのかもしれない。

管理人室での暮らしは磨夢が高校生になるまで続いた。高校生にもなると、さすがに男ふたりで六畳の部屋は狭い。タイミングよく隣の一〇三号室が空いたので磨夢はそちらへ移った。別々に暮らし始めてからも一男は磨夢の食事の用意をしてくれた。炒め物を中心とした一男の素朴な料理と一緒に、一男が本家から持ってきたおかずやスーパー五代の総菜が並んだ。

普通とは言えない家庭だが穏やかだった。高校二年の秋、麿夢が不登校になるまでは。麿夢が学校へ行けなくなった理由は平たく言えば人間関係の躓きだ。友人がレンゲ荘に遊びに来なくなり、麿夢が友人関係に悩んでいたことを一男も感じ取っていたと思う。一男は、日がな一日炬燵で過ごす麿夢を責めたりしなかった。

辛抱強く見守ってくれていた一男が、一度だけ強硬手段に出たことがある。麿夢が高校を卒業する予定だった十八歳の春だ。節目を迎えても、麿夢が奮起する姿を見せないので焦ったのだろう。「そろそろ起きなさい」と麿夢の炬燵布団を引きはがそうとした。一男はいつになく強引で、真剣だった。揉み合いになり、一男の手が麿夢の鼻に当たって麿夢は鼻血を出した。

伊織が炬燵布団に付いた乾いた血痕を指差して表情を険しくした。

「これがそのときの鼻血ですか」

麿夢は首を竦《すく》め、黙って頷く。

伊織は部屋に上がるなり、これが諸悪の根源とばかりに炬燵の片付けに取り掛かった。すぐに血痕を見つけられ、麿夢はそれができた経緯を話す羽目になったのだ。

「一男さんが心を鬼にしても、君は炬燵を卒業できなかったわけですね」

伊織は不愉快そうに言って、炬燵布団を大判のビニール袋に放り込んで口を閉じた。

「これはもう捨てましょう」

「あ、ちょっ、ま、待って下さ……」

凍り付きそうなほど冷たい目で睨まれて、磨夢は動けなくなった。

それから始まったのは伊織の容赦ない断捨離《だんしゃり》である。磨夢に不平不満を零す隙はない。伊織はまごうことなき鬼軍曹だ。情けの塊の一男とは違う。あのとき一男は、鼻血と涙でぐちゃぐちゃになった磨夢を胸に抱いて、「ゆっくり立ち直ればいい」と言った。

床に転がる物を必要か否かで分けるよう伊織に言われ、少しでも判断に迷えば不要と決められた。そうなると、磨夢の部屋の物はほとんど不用品だ。伊織はそれらを片っ端から袋に入れたり紐で括ったりしてまとめていった。磨夢はリサイクルショップに出せそうなゲームソフトや書籍を残して、次々とアパートのゴミ収集コンテナに運んだ。

およそ二時間で部屋の荷物は三分の一ほどに減った。テレビ台とL字になるようにローチェストを移動して家具をまとめたおかげで、部屋も広くなったように感じる。

磨夢に掃除機と雑巾で埃を取り除かせ、伊織はいよいよ地蔵菩薩像の仕上げをした。白い布に包まれた木製のパーツを丁寧に取り出し、地蔵菩薩像をはめ込んでいく。釘も接着剤も使わない。接合部にピタリと合うほぞとほぞ穴が作られているのだ。

　後光を表す光背という丸い飾りと蓮の花を象《かたど》った台座が付いて威容を増した地蔵菩薩像は、ローチェストの上で強烈な存在感を放っている。思わずため息が出た。二十代男子のひとり暮らしの部屋には不相応だ。けれど温和な顔には妙に安心感を与えられる。

　ローチェストの前に正座した伊織も、満足げに自分の作品を見上げた。

「やはりこの仏は麿夢君のところに来るべき仏でしたね。この仏を前にして堕落した生活などできないでしょう」

「爺ちゃん……祖父は、僕のために……これを依頼したんですか？」

「いえ。先に仏様がお姿を現したんですよ。ケヤキを拝見したときに、中に地蔵菩薩がおられることをお伝えしたら、一男さんが『地蔵菩薩なら麿夢にやろう』と」

「木の中に仏がいるのが見えたってことですか？」

「ええ。見えた、というか、感じたんです」

　職人の勘のようなものだろうか。この像を見る限り、伊織は技術の高い仏師に違いない。全く仏に関心がない麿夢ですら感動するような仏像が彫れるのだから。

「……だけど、なんで、地蔵菩薩なら僕、なんだろう……」

「地蔵菩薩は子供の守り仏という面がありますからね」

「ああ、地蔵盆って子供の行事ですよね……けど、本家にも高校生の孫がいるのに」

「一番心配な『子供』だったのでは？」

　子供、と強調されて、ぐうの音も出ない。二十二歳でひきこもりは問題があり過ぎる子供だ。祖父の力がなければホームレス一直線だっただろう。

　伊織は呆れを含んだ棘のある口調で言った。

「まあ、ダメな子ほどかわいいと言いますから、一番かわいい子でもあったのでしょう。先祖代々のご神木のケヤキを持たせてやりたいと思うくらいに」

「僕は……血が繋がってない子供だから、先祖なんて関係ないです」

　伊織の口ぶりに少々ムッとして拗《す》ねた言い方になった。

「私は君と一男さんの関係について大まかにしか伺っていませんが。血が繋がらないからこそ、一男さんは君を近くで見守っているという気持ちを形にしたかったんだと思いますよ。地蔵菩薩は人に寄り添い救済する、慈悲深い仏様ですからね」

「爺ちゃんはそんなに仏に詳しくないと思いますけど……」

「一男さんは、以前古美術収集をされていて、仏教美術もお好きだと聞きましたが？」

　そういえば、一男は若い頃、裕福なのをいいことに古美術収集に明け暮れて家庭を顧みなかったと言っていた。最初の妻が患っていることにも気づかず遊び惚け、失ってから改心したのだと。磨夢は仕事やボランティアに励む一男しか知らない。趣味に興じる姿が想像できず、古美術収集の話など忘れていた。

「麿夢君はレンゲ荘のレンゲが仏教の象徴的な花だと知らなかったですか？」

「名前の由来……そこから？」

てっきり周辺の田んぼのあぜに咲く花を見て名付けたものだと思っていた。

「おそらく。仏教においてレンゲはハスや睡蓮の総称。泥の中から美しい花を咲かせるレンゲは、迷いのない清らかな心の象徴となりました。この地蔵菩薩像の台座もハスです」

伊織はここでひと呼吸おいてから、言葉を継いだ。

「一男さんは、当然地蔵菩薩の役割をご存じのうえで、君に託したいと言ったのです。ずっと見守っているという心を表すために。六道《ろくどう》という言葉は聞いたことがありますか？　人間道、地獄道、畜生《ちくしょう》道はわかるでしょう？　この他に、煩悩に悩まされ続ける天道、飢えと渇きの餓鬼《がき》道、怒りと争いの修羅《しゅら》道があって、合わせて六道。人間はこの六つの苦しい世界を永久的に転生輪廻し続ける。地蔵菩薩はその苦しみから少しでも人々を救おうと、分身して六つの世界を巡り人々に寄り添ってくださいます。それが六地蔵と呼ばれるものですね。六体並ぶ路傍の石仏を見たことがあるでしょう？」

蘊蓄《うんちく》が立て板に水のように溢れ出した。この人はこんなによくしゃべる人だったのか。

雅やかな印象とは違う熱っぽさに、唖然としてしまう。そんな磨夢に気づいたようで、伊織が突然ピタリと口を閉じ、コホンと咳払いをした。そして。

「つまり一男さんは、どんな場所にいても君を思い、心配しているということです。君が大切だから。一男さんのためにも、そろそろ自分で立ち上がったらどうですか」

と、強引に話をまとめた。

磨夢がひきこもってからも一男は心配を表面に出さず、明るく飄々《ひょうひょう》と振る舞ってくれた。磨夢の堕落は一男が甘やかして育てたせいだと言われるのは心苦しい。そう思うのに、「これからは頑張って生きます」と奮い立つこともできずにいた。五年間、半径一キロほどに収まる範囲で、限られた人にしか会わずに生きてきた。それより外へ出ることを考えるだけで、足が竦んでしまう。

ふいに、あの薄汚れた炬燵に潜り込みたくなった。炬燵は磨夢にとってシェルター、蚕《かいこ》の繭《まゆ》のような空間だ。やっぱり捨てられない。磨夢はビニール袋に押し込まれた炬燵布団にこっそりと手を伸ばした。そのとき、別の方向から伊織がそれを摑んだ。

「磨夢君、炬燵布団は市の粗大ゴミ回収を手配しますよ」

伊織は涼しい微笑を浮かべて布団を引っ張り、磨夢ごと炬燵布団を動かした。腕力の差がまるで大人と子供だ。磨夢は引きずられながら苦し紛れに訴える。

「あの、……カバーを洗ったら、まだ使える、と」

「もう炬燵は卒業なさい」

「で、でも、これからは炬燵のシーズンですし、捨てるのは今じゃなくても」

「一男さんの思いを知ってもまだそんなことを？　本当にダメな子ですね。救いようのないクズです。この部屋の一番のクズは君の精神です」

「ううっ、いいです、どうせクズです。や、やっぱり捨てるの、やめます！」

磨夢の情けない宣言を聞いて、伊織の片眉がグッと高く上がる。

「君は何を甘えているんです」

「甘えじゃないです！　僕はもう傷つくのも傷つけるのも嫌なだけです！」

飛びつくようにして布団を摑み直すと、思いがけず伊織の手に触れた。すると、伊織は驚くほど強い力で磨夢の手を振り払った。磨夢はよろけて床に倒れ込み、炬燵布団がボフッと間抜けな音を立ててふたりの間に落ちた。気まずい沈黙が訪れ、しばし互いに瞠目して見つめ合う。

そして。伊織が口を開いた。血を抜かれたような真っ青な顔をして。

「失礼。人に触れるのは苦手なもので」

伏せた目を覆うような伊織の長いまつ毛が微妙に震えている。苦手というレベルではない気がする。今なら麿夢でも片手で伊織を倒せそうだ。完璧そうに見えるこの人にも弱いところがあるということか。

居心地が悪い空気が漂う中、伊織は何かを断ち切るように突然首を横に振った。続いて両手でパチンと頬を打った、次の瞬間、起こした伊織の顔には生気が戻っていた。

「辛い経験を抱えているのはわかりますが、炬燵は何も解決してくれません。クズの巣《そう》窟《くつ》は駆逐しましょう」

伊織は麿夢の「辛い経験」を慮《おもんぱか》る様子もなくあっさりと言って、炬燵布団を拾った。

奪い返そうとした麿夢の手を颯爽《さっそう》と躱《かわ》して駆け出す。

「や、待って、待ってください、三玉さん！」

大柄のくせにやたら身のこなしが軽くて速い。麿夢にはまったく追いつけない。

「やだ！　返してっ」

バタン！　と麿夢の鼻先で玄関のドアが閉まった。ドアノブに手をかけた瞬間、ドアが外側から引っ張られて転びそうになる。

「うわっ、あ、あれ？」

つんのめった体を起こすと、目の前にヨシ乃がいた。

ヨシ乃がお裾分けと称して作り過ぎた煮物を焦げた鍋ごと持ってくることは度々あった。だが、部屋に上がったのは初めてだ。

「ありがたいねえ、こんな立派な仏さんを拝ませてもらって」

ヨシ乃は地蔵菩薩の前に自室から持ってきた菓子パンやら饅頭《まんじゅう》を並べ、蹲《うずくま》って両の手のひらを擦り合わせている。地蔵菩薩の細い目がお供えのウインナーパンを訝《いぶか》しげに見下ろしているように見えた。隣に座る伊織が「この地蔵菩薩は自分が彫った」と話すと、ヨシ乃は伊織にまで手を合わせた。

伊織は磨夢の部屋を訪ねる前に廊下でヨシ乃に会って、地蔵菩薩像を見に来るよう誘っていたらしい。作品の自慢をするような承認欲求の強いタイプには見えなかったが、納得がいくものができれば人に見てもらいたいと思うものかもしれない。

磨夢は炬燵布団を失った部屋の広さに落ち着かなかった。だが、粗大ゴミの回収場所に取りに行けば、また伊織と小競り合いをすることになるだろう。そこにヨシ乃が入ってきたら厄介だ。ヨシ乃を巻き込むことはできない。押し入れに入れっぱなしになっている布団は使えるだろうか、と考えていると、ヨシ乃に手招きで呼ばれた。

「ほら、あなたもここへ座って一緒に『まんまんちゃん、あん』しなさい」

ヨシ乃が地蔵菩薩像の正面を譲って合掌する。磨夢はヨシ乃と伊織の間にゆっくりと正座して、横目で伊織を見た。

「この『まんまんちゃん、あん』って、何なんですか……」

質問すると、伊織の目の奥が明るく光った。

「関西弁の南無阿弥陀仏《なむあみだぶつ》の幼児語のようです。『なむあみだぶつさん』がなまって」

「南無阿弥陀仏って……お経、ですか？」

「念仏です。仏の姿を思い浮かべて名を唱える修行のことですね。阿弥陀仏は阿弥陀如《にょ》来《らい》、南無というのは礼拝とか挨拶の意味です。全体で『私は阿弥陀仏を拠り所にします』という気持ちを表した言葉と考えればいいと思います。あ、阿弥陀如来の説明からした方がいいですか？　阿弥陀如来は西方にある極楽浄土におられて……」

何かのスイッチが入ったように伊織が早口になる。

この人、やっぱり仏の話になると饒舌になるのか……。

伊織の語りを止めたのはヨシ乃だ。

「ごちゃごちゃ言わないの。まんまんちゃん、あん。それだけでよし」

伊織はしゃべり過ぎる自覚があるようで、面目なさそうに眉尻を下げた。

「失礼しました。仏の話になると興奮するもので。ヨシ乃さんは浄土宗系なんですね」

「さあ、難しいことはわからないわ」

ヨシ乃は地蔵菩薩像に向き直って合掌を再開した。短い念仏だけでいいと言いながら、ヨシ乃の祈りは長い。麿夢の足はすっかり痺れてしまった。涼しい顔をしている伊織を見ると、つま先を立てた正座で痺れを逃していた。ずるい。

麿夢は正座を崩してヨシ乃に問うた。

「ヨシ乃さんは何をそんなに熱心に祈ってるんですか？」

「死んだら極楽浄土に行けますように」

「……この世での願いじゃないんですね」

「私のこの世は、すぐそこに果てが見えてるからね」

ボケているくせに、何とも尖ったことを言う。返事しにくい。言葉に詰まった麿夢に構わずヨシ乃が続けた。

「あなたのこともお願いしてあげたのよ。ちゃんとご飯食べますようにって。あなたはやせっぽちで、どうにも頼りないから」

ヨシ乃の台詞《せりふ》にもカチンとくるが、ニヤニヤと笑いながら頷いている伊織に腹が立つ。ヨシ乃に強く言っても仕方がないのに語気が荒くなる。

「ヨシ乃さんにだけは、心配されたくないです。自分のことだけお願いしてください」

「私に願いなんてないわ」

「さっき極楽浄土に行けますようにって、言ってたじゃないですか」

「誰が？」

「誰って、ヨシ乃さんでしょう。ああ、もうっ！　いいですね、ヨシ乃さんは何でもすぐに忘れられてっ」

まともに話しているとイライラする。吐き捨てるように言うと、ヨシ乃がジッと麿夢を見つめた。

「あなたも忘れてしまえばいいのよ」

その口調は変にしっかりしていて、いつものヨシ乃の言葉とは違うものに聞こえた。もしかして麿夢の嫌味を理解しているのだろうか。麿夢は少したじろいだ。

「わ、……忘れようと思って忘れることなんて、……できないんですよ、……普通は」

麿夢が口ごもると、ヨシ乃は神妙な面持ちで麿夢の顔を覗き込む。

「何の話だったかしら？　あなた、悲しそうね」

なんだ、やっぱり何も覚えてないのか。麿夢はホッとしたような、がっかりしたような複雑な思いで肩を落とす。俯いた麿夢の視界にウインナーパンがスッと差し出された。

「ほら、これ、仏様からいただいたから、食べなさい。あなた、痩せすぎでかわいそう」

ヨシ乃に手を取られ、ウインナーパンを握らされた。

「磨夢君、よい隣人がいてくれてよかったですね」

伊織が意味ありげに言って、静かに微笑んだ。


ヨシ乃と伊織がそれぞれ自室に戻った後、磨夢は遅めの昼食として、つぶれたウインナーパンをかじった。食欲はないが、賞味期限が今日までだったのだ。

食事のことを考えると一男を思い出して胸が詰まる。これからは自分で食料を調達しなければならない。もう二度と、一男は帰って来ない。もう会えない。死に目に会いに行かなかった後悔に再び襲われ、目頭が熱くなってきた。このまま眠ってしまいたい気持ちになるが、どうも地蔵菩薩像の視線が気になって横になれない。ゲームをするのも気が引けて、スーパー五代にカートを返しに行くことにした。

ガラガラと音を立てながらカートを押して公道を歩いていると、学校帰りの小学生の群れの物珍しげな視線が刺さる。

磨夢は小学校から京都市内の私立の学校へ電車で通っていた。

私立の学校を勧めたのは一男だ。本家とレンゲ荘が同じ学区にあることから、学年は違えども学校内で本家の孫と磨夢が会えばお互いにやりにくいだろうという配慮だった。

通学範囲が広い私立では学校帰りに友達と遊ぶことが少ない。同級生の家庭環境が見えにくいのも、磨夢にはよかったと思う。

ただ、磨夢は私立の学校の経済的負担がいかほどか理解していなかった。一男の親族は一男が磨夢にお金を使うことに反対し続けていて、磨夢がひきこもった後は無駄金を使ったと一男をいっそう非難した。親族にとっては、一男が何者にもならない磨夢を育てたことと古美術収集にお金をつぎ込んだことは同じなのかもしれない。

磨夢が公立の学校に行っていたら、一男への批判が抑えられていただろうか。磨夢自身の生き方も変わっていただろうか。そうであれば、一男を苦しめずに済んだだろうか。

カートをスーパーの駐車場のカート置き場に返して、店舗の裏に回った。商品の搬入口近くにある事務所を覗くと、ガラス窓越しに店長と目が合った。店長は四十代中頃の小太りの男性だ。転がるように走って事務所から出てきてくれた。

「ああ、磨夢君。この度はご愁傷様です。ごめんね、お葬式に行けずに……」

一男の葬式に参列していた人づてに一男の死を知ったらしい。

「い、いいえ、こちらこそ……すみません、あの、……連絡が、遅くなって」

正しい受け答えができているかどうか不安でオドオドしてしまう。

「寂しいけど頑張ってよ、磨夢君。ヨシ乃さんも気丈にしてたけど……」

「え？　あ、あの人は――」

管理人が死んだことも理解できているかどうかあやしい。ヨシ乃が一男の死を悼んでいるとでも思っているのだろうか。磨夢が首を捻ると、店長は急に慌てだし、

「あ、そっか、えっと……僕もバタバタしてて。じゃ、じゃあ、ね」

ハンカチで顔の汗をぬぐいながら事務所へ戻っていってしまった。


レンゲ荘に戻ると、建物の外にまでカレーの匂いが漂っていた。匂いの元はすぐに特定できる。勤め人が多いレンゲ荘で、四時から夕飯の支度をするのはヨシ乃くらいだ。今夜はヨシ乃のカレーを食べることになりそうだ。大人数で暮らしていた経験があるのか、ヨシ乃はひとり暮らしのくせに煮込み系の料理を一度にたくさん作る。そして磨夢と一男に押し付けるのだ。焦がさなければいいけど、と鼻をひくつかせ、磨夢は眉根を寄せた。

——またか。焦げ臭い。

磨夢は自室のドアを通り越し、ヨシ乃の部屋に向かう。キッチンは廊下沿いにあるのに、やけに静かで部屋の中から物音がしない。胸騒ぎがした。安全機能付きのIHコンロなので、料理中にうっかり居眠りをしていても大事に至らないはずだ。だが、ケガをしたり、倒れていたりしたら……。

「ヨシ乃さん！」

『米川』とフェルトペンで書かれた表札が掲げられた一〇二号室。ドアを形だけノックして、部屋の中を覗く。カレーの匂いが充満した部屋の中は薄暗い。微かな呻き声を耳《じ》朶《だ》に捉え、磨夢はサンダルを蹴るようにして脱いだ。電気のスイッチを入れると、玄関とキッチンの間仕切りに掛かる暖簾が照らし出された。それを払いのけてキッチンに踏み込む。思った通り大型のカレー鍋がフラットなコンロに載っていた。コンロは自動で止まったのか、火の気はない。

ヨシ乃は二人掛けテーブルの下で蹲っていた。

「ヨシ乃さん、大丈夫ですかっ！」

磨夢はほとんど這うような姿勢で駆け寄り、ヨシ乃の顔を覗き込んだ。土気色の額に深い皺が刻まれ、脂汗が流れている。ヨシ乃の震える指が苦しげに床を掻いて、カツカツと爪が音を立てた。何かを摑もうともがいているように見える。抱き起こした方がいいのだろうか。だが、磨夢は尻込みして、その手を取ってやることもできなかった。

「ま、待ってて、ヨシ乃さん、い、今、救急車、きゅっ、救急車を、呼びますね」

スマホをジーンズのポケットから引っ張り出しながら、無意識に部屋の隅にある電話機が載ったキャビネットに向かう。キッチンに似つかわしくない事務的なスチール製だ。一男が管理人室で使っていたものに似ている。

ボタンが大きい白い電話機の脇に、黒いビニールの表紙の愛想のないアドレス帳が立て掛けてあった。場合によってはヨシ乃の家族に連絡しなければいけない。これに家族の連絡先が書いてあるだろうか。

——待てよ、ヨシ乃さんって家族いるのか？

スマホを持つのと反対の手でアドレス帳を取り上げた瞬間、

「ま、ろ、ちゃ」

ヨシ乃が麿夢を呼んだ——気がした。麿夢を『麿ちゃん』と。今まで呼ばれたことなどないのに。

気のせいか？　麿夢は瞠目して振り返った。ヨシ乃が挑むような険しい視線を真っすぐに麿夢に向けていた。そして、絞り出すような声で続けた。

「まろ、ちゃ、……じぞ、さんの……ぉ、な、か」

——じぞさんの、中？　じぞさんの、お腹……地蔵さんのお腹、か？

暗号のようなヨシ乃の言葉を心の中で反芻《はんすう》する。

そのとき、ヨシ乃がクウッと一層苦しげに喘《あえ》いだ。

「なんだ？　何なんだよ」

麿夢は震える指でたどたどしくスマホを操作した。不可解な感情が蠢《うごめ》いて混乱していた。消防に電話した後のことは記憶が曖昧だ。

ヨシ乃の付き添いで救急車に乗った。人生初の救急車だ。救急隊員にヨシ乃との関係を聞かれ、アパートの管理人だと伝えた。しかし、ヨシ乃の持病やかかりつけ医など、肝心なことは何も答えられなかった。同乗する必要はなかったかもしれない。

ヨシ乃の病名は心筋梗塞《しんきんこうそく》。幸い命はとりとめた。現在は病状が安定しているが、入院は長くかかる可能性があるらしい。

説明してくれた看護師は、磨夢をヨシ乃の孫だと思ったようで、家に保険証はあるかと聞いた。保険証がなければ入院費はかなり高額になるらしい。磨夢はただの隣人同士だと話したが、緊急連絡先として磨夢のスマホの電話番号とレンゲ荘の住所を控えられた。ヨシ乃の部屋に保険証があることを祈るしかない。

念のため、救急外来の直通電話の番号をスマホの電話帳に登録して、磨夢は救急外来の待合室を出た。ヨシ乃の家族に連絡して入院に必要なものを持ってきてもらうか、外来診療棟にあるコンビニで入院セットを購入するよう言われたのだ。

――家族、か。

外来の診察時間が終了した病院は人もまばらで静かだ。必要最低限の電灯しかついていない。磨夢は救急外来の受付から一般外来のロビーへ続く薄暗い廊下を、のろのろと歩いた。ロビーに出ると非常口の明かりの下にある長椅子に座り、ヨシ乃の部屋から持ってきたアドレス帳をリュックから取り出した。二十ページくらいある冊子だが、使ってあるのは最初の一ページ目だけ、しかもたった三行だ。書いてあるのは一男と磨夢の電話番号、それから、『宝明寺』という名前と並んだ電話番号。ほうめいじ、と読むのか、もしくは、ほうみょうじ、だろうか。寺の名前のようだが、人の名前かもしれない。

「電話した方がいいかな」

スマホを出して改めてヨシ乃のアドレス帳に見入り、「宝明寺」の市外局番が京都市ではないことに気付いた。今から電話して入院の準備をしてきてもらうより、磨夢が用意する方が早いだろう。ヨシ乃の容体は切羽詰まったものではなくなったし、連絡は急がなくてもいい。アドレス帳を閉じると背もたれに体を預けた。

思った通り、ヨシ乃には家族らしい家族がいないようだ。磨夢と同じで。ヨシ乃にとってはレンゲ荘の隣人である磨夢が一番身近な人間なのかもしれない。保険証を持っていてくれよと改めて願う。

あのとき、ヨシ乃は磨夢を呼ぼうとしたのだろうか。

あの人が祖母だったら――その考えも頭をよぎったが――ありえない。幼い磨夢を他人に押し付けておいて、しれッと隣に戻ってくるなんて。認知症だからといって、そんな勝手なことを一男が許すわけがない。

磨夢は赤の他人のために、五年ぶりに行動圏を越えてしまった。普段会わない人に会い、ひどく疲れを感じている。だが、帰ったらヨシ乃の保険証を探さねばならない。

その前に……帰れるのか？　スマホで病院の位置を確認して磨夢は頭を抱えた。病院は隣町にあり、帰るには電車に乗らなければならない。電車は鬼門だ。駅に近づくだけで動悸《どうき》がして吐きそうになる。

ふいと目の前に人の気配がして、顔を上げると伊織が立っていた。

伊織は作務衣姿ではなく、こげ茶色のチノパンにシンプルな黒いワークジャケットを羽織っている。磨夢と目が合うと、長い髪をくしゃりとかき上げた。

「救急車に乗せられるヨシ乃さんが見えたので」

「あ、ああ、三玉さん、もしかして、……それで……ついてきて……くれたんですか？」

「いえ。偶然、私もここに用事がありましたから」

「用事？」

「君はここで何を？　ヨシ乃さんは大丈夫でしたか？」

「今は、大丈夫です。ただ、入院しなくちゃいけないみたいで……」

入院用の書類を見せてコンビニで入院用品をそろえるように言われたことを話すと、伊織は「なるほど。では、行きましょうか」と促した。

病院は増築を繰り返したような複雑な構造だった。しかし伊織は慣れた足取りで、院内のコンビニまで連れて行ってくれた。何かの『用事』でよくここに来ているようだ。何はともあれ、この偶然の出会いに麿夢は救われた。麿夢の手持ちではお金が足りず、入院セットが買えなかったのだ。伊織に払ってもらって、ヨシ乃の担当看護師に届けた。

ヨシ乃は麻酔で眠っていた。去り際、看護師に保険証を持ってくるよう再度念を押された。麿夢は家族ではないと言っているのに。

「車で来ていますから一緒に帰りましょう。私の用事に付き合ってもらうことになりますが。君ひとりでは心許ないですし、迷子にでもなって迎えに行くのも面倒です」

嫌味っぽい言い方も気にならないほど、伊織の申し出にホッとしていた。何より、電車に乗らずに済む。伊織が仏に見えた。まさに地獄で仏だ。

伊織が向かったのは一般病棟ではなく長期療養型病棟だった。伊織は面会者名簿に記入して、面会者の札を首から下げた。麿夢も渡された札を同じように掛けて、伊織についてエレベーターに乗った。伊織が押したのは最上階である八階のボタンだ。

「私の叔父が、ここに入院しているんですよ。私の師匠でもある人です」

「師匠……ああ、叔父さんも仏師なんですか」

「ええ。三玉昌運《しょううん》、といいます。本名は昌晃《まさあき》ですけど」

「じゃあ、あの、僕は廊下で、待ってます。ゆ、ゆっくりしてきてください」

「いえ、病室に入ってもらって大丈夫ですよ。叔父は何も気にしようがありませんから」

おかしな言い方をするとは思ったが、理由を聞く前にエレベーターが目的階についた。

そこはひと際静かなフロアだった。独特な消毒の臭いが鼻を刺す。早足に行き交う看護師や点滴を押して歩く患者の姿は見えない。音を立ててはいけないような気がして、磨夢は口をつぐんだ。リノリウムの床を擦る自分の靴音にさえ気を遣う。

昌運の病室は廊下の突き当たりの個室だった。中に入るなり、「気にしようがない」という伊織の言葉が理解できた。三玉昌運は覚めない眠りの中にいた。太い管を喉に繋がれて。本人の代わりに息をするように、機械がシューシューと規則的な音を漏らす。

「脳死状態なんですよ。自殺に失敗してしまって、三年間このままです」

淡々と言いながら、伊織は折り畳みイスを二脚広げてベッドの脇に並べ、そのひとつに座った。

脳死、自殺、失敗。どの単語も磨夢の心をざわつかせた。震える膝に気づかれないように、両手で膝頭を押さえて伊織の隣に腰かけた。

昌運の横顔は伊織ほどの華やかさはないながら、均整の取れた顔立ちだ。年齢は四十代後半くらいだろうか。

「か、……かっこいい人ですね」

迷いに迷って出したのはひどく薄っぺらな感想だった。伊織は小さく二度頷いた。

「そうですね。基本的には穏やかでいい男です。彫刻の腕もよくて……仕事だけでなく、学生の頃には、お酒の飲み方や着物の着方も教えてもらったりもしました」

関東出身の伊織は大学進学で京都に来た。叔父の工房を訪ねて仏像彫刻に魅了され、弟子入りを志願したという。とはいえ学生時代の四年間は、彫刻教室の一生徒という感じで、昌運も本当に伊織が仏師になるとは思っていなかったようだ。大学卒業と同時に、伊織は改めて昌運に弟子入りを申し出た。それから、昌運は師匠らしく伊織に厳しく接するようになったという。近くにいても遠い、そんな距離感で過ごしていたある日、昌運は工房の木材置き場で首をくくった。発見者は伊織だったそうだ。

「私がもう少し早く見つけられていたら、よかったのですが――」

こういう場合、残された者に起こるのは後悔の連鎖だ。悩んでいることに気づいていたら、あんなことを言わなければ、あんなことをしなければ、いっそ出会っていなければ……。伊織は三年経った今もその鎖に搦《から》めとられているのだろう。

「磨夢君は三玉製薬ってご存じですか？」

「え？　ええ、知ってます、大手の製薬会社ですよね。……まさか、三玉さんって、あの三玉さん？」

「はい。あの三玉です。今の会長が私の祖父、社長が父です。ゆくゆくは長兄が社長を継ぐことになると思います」

育ちは良さそうだと思っていたが、とんだ御曹司だった。

「叔父は父の弟で、まあ、私と同じく一族の中の異端ですね。叔父が、こんな風に道から外れる方法があると私に教えてくれたんです」

伊織にはふたりの兄がいる。学業にスポーツに、幼い頃から兄弟で競い合うように育てられてきたそうだ。能力が高い者が偉いと考えられ、家の中はいつもひりついていた。伊織は自分が兄たちに劣るとは思わなかったが、競争が面倒だったという。昌運もまた伊織の父親との競争に疲れ、大学卒業を待たずに仏師の道を選んでいた。

「仏を彫り出すことに魅せられてしまったんですよね、叔父も私も。お金を稼ぐのはお金に任せることにして、私は仏像彫刻の世界に飛び込むことにしました」

「お金に、お金を稼がせる……投資ってことですか……」

「ふふふ、人の世ですからお金は大事です。完全に俗世間の煩《わずら》わしさから離れることなどできないのですから。……心を惑わす出来事は必ず起こります。優雅に隠遁《いんとん》生活を送っていると思っていた叔父も同じでした。苦から解放されることはなかった」

磨夢とて、逃げてひきこもっても楽になどなっていない。死んでしまいたくなる気持ちもよくわかる。でも。死ぬことも怖い――。その覚悟も持てないくらいだから、磨夢の苦しみなど手ぬるいということだろうか。

「昌運さんは、何に悩んで……」

「叔父の苦しみの最たるものは、私の存在でした」

磨夢が言い終わるより前に伊織が即答した。感情のわかりにくい平坦な声で。

「ああ……三玉さんが弟子だったら、嫌でしょうね」

さらりと出た磨夢の言葉に伊織は目を見張った。磨夢は失言に気づいて慌てた。

「あ、えっと……、違うんです、悪口じゃなくて、あの、嫌っていうのは……」

「たしかに、私は可愛げがなくて、叔父に嫌われていました」

伊織が深刻そうに頷く。磨夢はますます焦った。

「いや、嫌いとか、そうじゃなくて……」

言いたいことがうまく言えなくて、磨夢は髪をぐしゃぐしゃとかき乱す。

「僕はただ、三玉さんみたいに出来がいい弟子だと、師匠は気が抜けなくて大変だなって……思ったんです。……ほら、三玉さんも言いましたよね？　バカな子ほどかわいいって。弟子も出来が悪いバカな方が、かわいいのかなって。あ、……で、でも、出来がいい弟子がダメって意味じゃなくて……だって、バカな子ばっかじゃそれはそれで、ダメじゃないですか」

必死に言い繕う磨夢の様子に、伊織が耐えきれないとばかりに噴き出した。

「ふっ、ははは。なるほど。私みたいなのより磨夢君の方がずっとかわいいですね」

またどさくさに紛れて失礼なことを言われたような。

伊織は椅子に座ったまま長軀を折るようにして笑っている。日頃平然としているが、ひとたびツボにはまるとひどい笑い上戸になるようだ。昌運が煩《うるさ》がって起きるのではないかと思うほどだ。磨夢は少し鼻白んだ。

そのとき、病室のドアがノックされ、ずんぐりとした体形の若い男性看護師が入ってきた。伊織の笑いはスイッチを切るように唐突に止まった。

看護師の胸に『多田《ただ》』という名札が付いている。顔見知りなのか、多田は伊織の顔を見るなり人懐《なつ》こく口角を上げた。

「こんばんは。珍しく笑い声が聞こえると思ったら、お連れ様がいらしてたんですね。

ご友人ですか？」

伊織は質問の答えを濁し、硬い笑顔を浮かべて会釈した。苦手な相手なのだろうか。伊織の目が笑っていない。多田が昌運のベッドに辿り着く前に、伊織は少々演技がかった動作で腕時計を見て立ち上がった。磨夢もそれに倣って椅子から腰を上げる。

多田は昌運の点滴の機械の前で立ち止まり、困ったような顔をした。

「ああ、ゆっくりなさってください、僕のことはお気になさらず。まだ面会時間内ですので。昨日も、僕が急《せ》かすような感じになっちゃって、すぐにお帰りになったから申し訳なくて。この病棟は正面玄関から一番遠いじゃないですか、ここまで来るだけで大変でしょう。……お家はお近くですか？」

少々馴れ馴れしい気もする。見舞客皆にこんな風に話しかけているのだろうか。でなければ、伊織に興味があるのか？　ふと思いついたことに磨夢はギクリとして伊織を見た。伊織は愛想笑いをしたまま多田を躱して、病室の出入り口に向かう。

磨夢は伊織を追いながらもの言いたげな多田を見た。怖いぐらいににこやかに、ねっとりとした視線にぶつかった。ひと言でも話しかけようものなら、なかなか離してもらえそうにない危うさは感じる。友好的は過ぎると気味が悪い。

外に出るとすっかり日が落ちていた。駐車場に残っている車はまばらだ。出口に置かれた精算機が蛍光灯の光を浴びて浮き上がって見える。伊織の車は精算機に近い場所に停まっていた。

「三玉さん、昨日もお見舞いに来てたんですね」

「ええ。回復は難しいと言われていますが、叔父の目を見てると、なんとなくこちらの話が聞こえている気がして。いつもあの看護師に邪魔されますけど」

「ちょっと、気持ち悪い人、でしたね」

「ずけずけと踏み込んでくるあの感じはいただけないですね。心地よい距離を保てそうにない人です」

伊織が不満げに言い、おもむろに胸ポケットからペンライトを出した。車の前にしゃがんでバンパーの内側をライトで照らしているようだ。磨夢は伊織の背中に聞いた。

「……何を、してるんですか？」

「GPSのようなものが付けられていないか確認しました。用心のために」

伊織は膝を叩きながら立ち上がり、車の鍵を開けた。

よほど危険な目に遭ったことがあるのだろうか。でなければ、これほど警戒心が強くならないだろう。人肌に触れるのを恐れていることと関係があるかもしれない。

伊織の車は乗りこむと仄かに木の香りがした。人間より木材や仏像を運ぶ方が多いからだそうだ。後部座席は畳まれ、平らな荷台になっている。

磨夢は助手席に身を納めた途端、強い眠気に襲われた。地蔵菩薩に起こされ、大掃除をして、ヨシ乃の入院と昌運の見舞い、……忙しくて長い一日だった。おかげで一男がいないことをあまり思い出さずにすんだが。

「帰ったらヨシ乃さんの保険証を探して、ヨシ乃さんの家族に連絡しなきゃ……賃貸契約の書類を見ればいいのかな……」

伊織がPに入れたままのシフトレバーに手を置いて、運転席から磨夢を窺う。

「倒れたヨシ乃さんを発見したとき、彼女はどんな状態だったんですか？　まったく話せる状態ではなかったですか？」

「苦しそうに、小さい声で呻いてて……、僕の名前っぽいのを呼んだような……」

「磨夢君の名前を？」と確認するように伊織が繰り返す。

「え、ええ。はっきり聞き取れなかったですけど、『磨ちゃん』って呼ばれた気がしました。でも、ヨシ乃さんは僕の名前なんて、たぶん把握できてないので、気のせいだと思うんですけど。……あと、地蔵さんのお腹？　みたいなことを……」

「地蔵さんのお腹」

「それも、聞き間違いかも、しれまひぇ、あふっ」

欠伸《あくび》が出た。麿夢は目頭を揉んで、再び出そうになった欠伸を噛み殺した。

「眠そうですね、麿夢君。そうだ、目が覚めるものをあげましょうか」

そう言って伊織はジャケットのポケットに手を入れた。ガムでもくれるのだろうか。首を傾げて見ていると、伊織が助手席の方へ身を乗り出して、珍しく近付いてきた。麗しいご尊顔がすぐ目の前だ。図らずも頬が熱くなり、麿夢は泡を喰って体を後ろに反らした。

「み、三玉さんっ、覚めた！　目が覚めました」

「麿夢君、まだ何もしてないですよ」

「何もって、何を……」

伊織が片方の頬を高く上げて不敵に笑ったかと思うと、麿夢の脇腹にビリビリッと衝撃が走った。

「うっ、うがあああっ、何すんですかあっ」

痛い、というより仰天した。勢いよく身をよじった拍子に側頭部を助手席の窓に打ち付けた。麿夢の暴れるさまに伊織も動揺したらしく、目を見開いている。

「失礼。そんなに効果があるとは思わなかったものですから――」

「効果って、何のっ？」

「護身用のスタンガンです」

伊織はペンライトのような黒いプラスチックの塊を握っていた。

「護身用？　……違法なやつじゃ……」

「普通に防犯ショップで売られているものです。お守りに差し上げますよ。危険が多い世の中ですから。ですが、いつまでも炬燵で丸くなっているわけにはいきません。これを持って、自分の身は自分で守れるように」

「いきなりこんなことされたら、これがトラウマになっちゃいますよ」

「それは失礼。配慮が足りなかったですね。お知らせしてからにすればよかった。これからはそうします」

「お知らせしても使っちゃダメです！」

今度は靨夢が運転席の方に乗り出して、伊織が首を竦める。

まったく、このイケズ美形は——。上目づかいで微笑まれると、ほだされそうになる。

だが。靨夢はプイと顔を逸らし、助手席の窓にもたれて不貞腐《ふてくさ》れた。

「ねえ、磨夢君、そろそろ許してもらえませんか？」

伊織はヨシ乃の部屋までついてきた。玄関のドアの前で、磨夢の背後に立って肩越しに顔を覗き込もうとする。

「もう怒ってませんよ」

「そうですか？　なんだかトゲトゲしてますよ、空気が」

「空気の調節まではできませんから」

少々尖った言い方になってしまったが、実のところ、そこまで腹を立てているわけではなかった。伊織が心配して構ってくるのが、何となく楽しかった。長らく一男以外の人と会話のやり取りをしていなかったからだろう。

ヨシ乃の部屋は救急隊員が入ったときのままだった。担架の出入りの邪魔になった暖簾は竿の隅に寄せられ、キッチンのテーブルとイスも端の方へ動かしてある。

居室には様々な季節の衣類がかかったパイプハンガーや、細々とした人形や置き物が並ぶカラーボックスなどがあって雑然としている。だが、不潔な感じはしない。

「以前の磨夢君の部屋より、きちんと生活ができている様子ですね」

伊織は部屋の真ん中でゆっくり全体を見渡して、最後に部屋の入り口に立っている磨夢を見た。その顔に含み笑いが浮かんでいるのを察し、磨夢は逃げるように目を逸らした。伊織は部屋の中に目を戻して言った。

「仏壇もありますね。やはりヨシ乃さんは浄土真宗です」

「そんなのわかるんですか？」

ちょうど麿夢の部屋の地蔵菩薩像がある辺りに、二段のカラーボックスくらいの大きさの仏壇があった。中に仏像はなく、仏の絵とその両脇に筆で書かれた文字の掛け軸が飾られている。

「宗派によってご本尊や飾り方が違いますから。浄土真宗の特徴は阿弥陀如来の脇にある九字名号《くじみょうごう》と十字名号ですね。どちらも南無阿弥陀仏と同じ意味を表しています」

「まんまんちゃん、あん……」

つまり、「阿弥陀仏を拠り所にします」という言葉が阿弥陀如来を挟んでいるわけだ。

「浄土真宗の教えは他力本願といいまして、すべて阿弥陀如来にお任せすればどんな悪人でも極楽浄土へ行けるというものです」

「それ、都合よすぎませんか……六道に転生輪廻は？　地蔵菩薩要らないでしょ」

「この世にも救済は必要でしょう。極楽浄土への祈りだけなら、ヨシ乃さんは地蔵菩薩にお願いしなくてもいいんですよ。ですが、仏様にはそれぞれ得意分野がありますからね。出会う仏様に心を込めて手を合わせるのはいいことです」

「信心深いのか、なんなのか……。じゃあ、あれはやっぱり、お寺の名前なのかな……」

「あれとは？」

磨夢はリュックからヨシ乃のアドレス帳を取り出して、丸い座卓の上に開く。

「この電話番号です。ほう、めい、じ？　って、読むんですかね」

伊織が覗き込んで、「ああ」と呟く。

「君はもうここまでたどり着いているんですね。じゃあ、私が秘密にする意味はないかもしれませんね」

「秘密？　どういう意味ですか？」

背中がゾクリと寒くなった。ヨシ乃の秘密を伊織が知っている？　まさかふたりは知り合いだったということ？

「おっしゃる通り、それはお寺の名前ですよ。読みは、ほうみょうじ、です。場所は大阪の枚方《ひらかた》。浄土真宗ではなく真言宗のお寺ですね」

磨夢には縁のない場所に思えた。

「磨夢君、明日、行ってみましょうか」

「へ？　行く？　そのお寺……知り合いなんですか？」

「ええ。詳しい話はそちらで聞いた方がいい。私がヨシ乃さんについて知っているのはごく一部だけですので」

「知ってるって……三玉さんは、何を……」

「ヨシ乃さんがそこにいたということ、それから、彼女が麿夢君のおばあ様だということです」

カッと頭が熱くなって、鼓動が激しくなった。

「そ、そんなわけないでしょう。僕の祖母はもう死んだんです。失踪して七年経てば死んだことになるって、誰かが言ってました。それでいいんです。僕のことを捨てておいて、平気で隣に帰って来るなんて、そんなの馬鹿にしてる。ボケてるからって、爺ちゃんはそんな人を許すはずがない」

「ボケてる？　私はそう思わないですけど？　見てごらんなさい、この部屋を。きちんと掃除がされていて畳まれた洗濯物がある。食事だって君の分まで用意するほどですよ」

「だけど、しょっちゅう煮物を焦がして――」

「IHコンロに慣れないだけでは？　火が見えない分、火加減が難しいかもしれませんし、消し忘れも多くなるでしょう。ヨシ乃さんの入居はいつです？」

「……四年くらい、前です」

麿夢がひきこもって一年ほど経ってからだ。隣に軽い認知症の年配女性が入ると。あれは祖父の嘘だったのか。

くたびれた服を着て、何度も同じことを言い、店のカートを持ち帰る、あんなみっともない人が、捨てた夫を平気で頼るような厚顔な人が、自分の祖母だなんて思いたくない。『まろちゃん』と呼ぶ声が蘇って全身総毛《そうけ》だった。

麿夢はアドレス帳を閉じて、乱暴に座卓の天板の上から払い落とした。伊織がそれを拾って仏壇の脇に立て掛ける。

「宝明寺で話を聞きましょう。きっと一男さんのお考えもわかります。とりあえず、ヨシ乃さんの保険証を探して――」

動かない麿夢を尻目に、伊織は仏壇の下の観音開きの扉を開けた。この部屋には不釣り合いなダイヤル式の鍵付き金庫が入っていた。続けてカラーボックスに置いてある整理ケースの引き出しを確認した後、パイプハンガーに掛かっていた巾着を取った。ヨシ乃がいつも出掛けるときに手首に掛けているものだ。伊織がチリンと鈴を鳴らして巾着を開ける。保険証は中に入っていた財布からあっさり出てきた。

宝明寺は車で三、四十分かかるらしい。連れて行ってもらうのだから、伊織にはお礼を言わなければいけないところだろう。しかしながら、麿夢は騙されたという思いが強く、昨夜同様、車に乗るなり助手席の窓に寄りかかって寝たふりをきめ込む。

「子供っぽいですね、磨夢君」

クスクスと笑う伊織は、ひとつに結わえた髪を無造作に団子にまとめている。ざっくりしたベージュのニットに細身の紺のパンツというシンプルな服装が、洒落て見えるから不思議だ。磨夢は昨日と同じ紺のパーカーにデニムパンツ。ちなみに、昨夜は風呂にも入らずふて寝したから下着まで昨日のままだ。

どうせ子供ですよ。

寄せた眉間の皺に何かが触れる感覚があって、薄目を開けた。目の前にあったのはラップにくるまれたおにぎりだ。

「磨夢君、朝ごはん、食べてないでしょう？　サツマイモご飯ですよ」

磨夢がおにぎりを受け取ると車のエンジンがかかった。朝ご飯どころか、昨日の晩ご飯も食べていない。

「……三玉さんが作ったんですか？」

「ええ。料理好きなので。気晴らしになります。お菓子やお酒のあても作りますよ。今度ご馳走しましょうか。磨夢君、成人してますよね？　お酒も飲めますね」

「僕、まだ、ちゃんとお酒飲んだことなくて……」

十七歳からひきこもっている間に大人になっていた。

「そろそろ外へ出ましょう。もう大人ですから。いつまでいじけてるんですか？」

「いじけてるわけじゃ、ないです」

ふふふ、と伊織の肩が揺れて、麿夢はまたムッとした。

ひきこもった理由も知らないくせに。

「かわいいですね、麿夢君は。麿夢という名前、よく似合っています」

麿夢、麿夢、と、伊織が美声で名前を連呼するので照れくさい。

「やめてください。恥ずかしい」

「そうですか？　じゃあ、麿ちゃん」

麿夢はおにぎりを咥《くわ》えたまま目を見張る。伊織は柔和な眼差しで言った。

「要らない子供にこんなに素敵な名前は付けませんよ。君は捨てられたのではない、絶対に」

いったい伊織はどこまで麿夢の祖父母の秘密を知っているのだろうか。

宝明寺は私鉄鉄道の支線の終着駅からさらに車で十分ほど離れた不便なところにあった。寺の敷地のすぐ後ろに山がそびえていて、斜面に墓石がぴょこぴょこと顔を出している。本堂はそれほど大きくも古くもなく、あまり威厳は感じられない。聞けば、江戸時代に創建されたものが昭和の終わりに焼失し、再建されたものだという。本堂の近くに建っているのは田舎の小学校のような二階建てのコンクリート造りの建物で、全体的に風情がある場所とは言えなかった。

「さあ、まずは本堂にお参りしましょう」

伊織は砂地の駐車スペースに車を停めて歩き始めた。

本堂は本尊が安置されている内陣と参拝スペースの外陣《げじん》が、すだれで仕切られている。外陣は二十人も入れば満員になる広さだ。僧侶が座る四角い箱のような畳の前に、お供えの果物や香炉、金の花瓶のようなものが飾られた机があって、さらにその向こうに高さ六、七十センチばかりの金色の仏像が立っている。その背後に置かれた豪華な後光も金色で、あまりに眩しい輝きに目がくらみそうだ。

「阿弥陀如来像です」

伊織が仏に手を差し向けた。輝きのおかげで仏像の形が捉えにくいが、よく見るポッポッパンチパーマ頭の仏様に見える。

ヨシ乃の話を聞くために来たのではないのか。麿夢は伊織の意図がわからず苛立った。

「この仏像が何だっていうんですか？」

「阿弥陀如来は――」

「まんまんちゃん、あん、で極楽浄土。その説明は要らないです」

磨夢ができる限り不機嫌な顔で凄んでみても、伊織は素知らぬ顔だ。

「では、阿弥陀如来の説明は省きましょう。こちらの阿弥陀如来像は御前立《おまえだち》といって、ご本尊の代わりに祀られている仏様です。ご本尊は大日如来像なのですが、火災で損傷してしまい、今は秘仏として後ろのお厨子《ずし》に安置されています。真言宗では、すべての仏様が大日如来の化身と考えますので、どの仏をおまつりしてもよいのです。御前立として選ばれるのは――」

伊織は仏の話をすると饒舌になって止まらなくなる。聞き手の気持ちなどお構いなしだ。磨夢は今、仏像の話など聞きたくない。空気を読んでほしい。

「ストップ！　三玉さん！　蘊蓄はいいから、早く本題に入ってください！　何でここに来たんですか？」

「おっと、失礼。つい」

伊織は顔の前で両手を合わせて片目を眇《すが》めた。それほど悪いと思っていない顔だ。

「この仏は叔父の三玉昌運が十年前に手掛け、こちらに納めたものなんです」

「昌運さんの仏像……」

宝明寺と伊織との接点がやっと見えた。

「ええ。それと、もうひとつ、こちらから一段下がった左手を見てください」

阿弥陀如来像がある須弥壇《しゅみだん》と簾《すだれ》で仕切られたところに、馬に乗った甲冑《かっちゅう》姿の武将の像が置かれていた。こちらは金箔が貼られていない。像の高さは七、八十センチくらいか。真っすぐにこちらを見据えるような馬の視線がリアルで、迫力があって大きく見える。

「勝軍《しょうぐん》地蔵といいます」

「地蔵？　地蔵菩薩なんですか？」

「地蔵尊の中では異形《いぎょう》ですが、錫杖と如意宝珠《ほうじゅ》、宝の珠を持っていますでしょう？」

持ち物は磨夢の部屋にある地蔵菩薩像と同じだ。

「五年前に私が彫った像です。火事で燃え残った本堂の柱を使わせていただいて」

「えっ、これを三玉さんが、廃材から作ったってことですか？　すごい……」

お寺という場所のせいか、磨夢の部屋にある地蔵菩薩よりもいっそう格式が高く感じられる。磨夢は引き寄せられるように足を前に踏み出した。

「この仏も……木の中に？」

「そうですね。木の中にいらっしゃるのを感じました」

「ショウグンっていう名前なら、勝負運の仏では？　なんで、ここに……」

「勝軍地蔵は戦いの必勝祈願はもちろん、火災除けや、過去の罪の報いを免れるご利益があるとされています。この像の作業中、私は、『前に進め』と発破をかけられているような気がしていました」

「過去の罪の、報いを……免れる」

麿夢は無意識に胸の前で両手を合わせていた。伊織の視線を感じてもじもじと手を下ろす。

「君も何か後悔していることがあるんですね。そして、それがひきこもった理由ですか」

伊織に聞かれ麿夢は乾いた唇を舐め、苦い唾を呑んで頷く。

そのとき、湿りかけた空気を吹き飛ばしたのは伊織の笑い声だ。はじめはククと控えめだったのが、アハハと堰《せき》を切ったように笑い出し、麿夢は困惑した。

「な、なんですか？　三玉さん……」

「どうやら私は一男さんの思惑通り動いているようです。一男さんは私に君をここへ連れて来させ、この像を見せて、『前に進め』というメッセージを伝えさせたかったんです」

「爺ちゃんが、何でこの仏像を……」

「この像は、一男さんが私に彫るよう勧めてくださった仏です。仏像彫刻に迷いがあった私を励ますために。一男さんは私と君に似たところがあると言っていましたが、私たちはお互いに後悔を断ち切って前に進む必要がある、ということかもしれませんね」

「三玉さんは、この寺で爺ちゃんと知り合ったんですか？」

「ええ。私は直接ヨシ乃さんとお話ししたことはありませんでした。一男さんからお話を聞いていただけで。では、ヨシ乃さんをよく知る人を紹介しましょう」

伊織は回れ右して、入ってきた方向を向いた。本堂の入り口に坊主頭に法衣姿の人が、ちょうど姿を見せたところだった。

「おや、賑やかだと思ったら……伊織君？」

住職だろうか、伊織の名を呼んだのは五十代半ばくらいの恰幅《かっぷく》のいいお坊さんだ。

「お久しぶりです。和上《わじょう》さん」

「いやあ、本当に久しぶりだね。突然、どうしたの？」

和上と呼ばれた人は伊織と会話しながら視線を麿夢に移した。

「こちら、黒野麿夢君です」

伊織の紹介を受けて麿夢は浅く頭を下げた。和上は、ん？　と、一瞬眉根を寄せて、

「黒野、まろ……ああ、君、麿ちゃんか！」

麿夢の鼓膜が痺れるほどの声量で叫んだ。

真言宗では和尚《おしょう》のことを和上と呼ぶそうだ。宝明寺の和上は寺の隣の建物で介護施設『憩いの家』を運営している。一階のデイサービスルームの隣にある応接室に案内してくれた。伊織と麿夢はポップな緑色の二人掛けソファに並んで座り、和上はローテーブルのお誕生日席のひとり掛けソファに腰を落ち着けた。

お茶を運んできたのは和上の母親の珠緒《たまお》だ。ヨシ乃と同じくらいの年齢だろう。大柄なおばあちゃんだ。麿夢の向かいの二人掛けソファにひとりで腰かけた。

「一男さんが亡くなられたのねえ。それは寂しいね。ヨシ乃さんも倒れちゃうなんて、よっぽどショックだったんだわ」

「ええ。麿夢君がヨシ乃さんを助けたんですよ。救急車を呼んで」

麿夢がここへ来た経緯は、伊織がひと通り話した。和上は伊織に相槌を打ちつつ、度々麿夢を見て微笑んだ。

「ヨシ乃さんは自分の正体を死ぬまで麿ちゃんに隠すって言ってたから、麿ちゃんがここへ来たってことは、ヨシ乃さんに何かあったんだろうと思ったんだよ」

「フライングしてしまったみたいですよ。倒れたときに麿夢君の名前を呼んだそうです」

伊織が麿夢を流し目に見て言うと、和上がフムフムと首肯した。

「死んでしまう前に伝えたくなって、焦ったんだろうね」

「それでよかったのよ、近くにいるのに知らないままでいるなんて悲し過ぎるわ」

目頭を拭う珠緒に、「ねえ？」と同意を求められ、麿夢は戸惑った。

「すみません……あ、あの人が、祖母というのは、まだ、ちょっと、……信じられなくて。出会ったときから、その、ボケ……認知症ぎみ、だったし」

「出会ったときって？　三年前？　あ、四年近く前か。うちを辞めたときでしょう？ヨシ乃さんはボケてなんかなかったわよ」

「え……」

ほらね、という顔で伊織が麿夢に目配せする。

珠緒は本棚からアルバムを取ってくるとパラパラと頁をめくり、ローテーブルに開いて置いた。六枚のスナップ写真の中の一枚に、エプロン姿のヨシ乃が写っている。

「ヨシ乃さんは写るのを嫌ったからあんまり写真がないんだけど。ほら、スタッフとして働いてくれていたもの」

「で、でも」

「芝居してるんじゃないの？　自分でうっかり本当のことを言っちゃっても誤魔化せるように。真面目なあの人のことだから」

珠緒が顎に手を当てて考えるような仕草をした。麿夢は信じられない気持ちでアルバムを引き寄せた。目を凝らすと、その頁の別の写真に他にも麿夢の知った顔があった。

「あれ？　この人たち――」

「ああ、バーバー双葉のご夫妻ね。年に何度か施設に出張へアカットに来てくれるのよ」

ヨシ乃がレンゲ荘に来る前から知り合いだったのだ。皆して麿夢を騙していたのか。

麿夢の心の内を察した伊織が俯く麿夢の顔を覗き込む。

「君を欺《あざむ》こうとしたわけではないと思いますよ」

伊織の言葉は気休めにもならず、麿夢は唇を噛んだ。和上は珠緒と横目で見合ってから、「よし」と膝を打った。

「せっかく来てくれたから、僕が知ってる、本当のことを麿ちゃんに教えてあげよう」

和上は麿夢が頷くのを見て、お茶を口に含んで仕切り直した。

「記憶を失う病気を患っていたのはヨシ乃さんじゃない。君のお母さん、マキちゃんだ」

「ま、き」

いない者としてきた母親という存在が、突然モヤモヤとした人の影となって頭に浮かんだ。その影が和上の話に合わせて動き出す。

「若年性健忘症《じゃくねんせいけんぼうしょう》。マキちゃんはまだ三十一歳だった。ある日、自宅までの帰り道がわからなくなったらしい。一歳になったばかりの麿ちゃんを抱いて、ヨシ乃さんの暮らす実家に戻ってきたんだって。どういういきさつがあったのかわからないけど、マキちゃんはひとりで君を産んだみたい。ヨシ乃さんは娘と孫を迎え入れて、三人で暮らすことにしたそうだ」

ヨシ乃は介護の仕事をしながらふたりの面倒を見ていた。しかし、日に日にマキの症状はひどくなり、ヨシ乃も仕事に行きにくくなってきた。マキはときどき磨夢を産んだことも忘れる。自分で書いた備忘録を読んで我が子の存在に戸惑い、パニックを起こした。裸足で家を飛び出したマキを追いかけて、ヨシ乃は磨夢を背負って山道を歩き回った。いっそ三人で死んでしまおうか、そう思ったときに出会ったのが、タケノコ畑の整備に来ていた黒野一男だ。一男は心中を思いとどまらせようと必死に説得した。磨夢の養育を申し出たのは一男だったという。

「一男さんはね、若い頃家庭そっちのけだったからって、今から子育てをやり直させてほしいって、お願いするように言ってくれたんだってさ。ヨシ乃さんは一男さんの優しさに甘えることにした。磨ちゃんを一男さんに預け、マキちゃんの面倒を見ながら働けるところを探した。それで、うちに電話をくれたんだよ。介護の仕事をするから、娘と一緒に入居させてくれないかって、ね」

ヨシ乃は家を処分して得たお金の一部を磨夢の養育費の足しにと一男に渡し、アパートを出た。麿夢に母親を捜させないでほしいと頼んで。一男はそのように麿夢を育てた。

「マキちゃんはそれから四年ほどヨシ乃さんと一緒にうちで暮らして、最後は病院で亡くなった。誤嚥性肺炎《ごえんせいはいえん》だよ。マキちゃんが亡くなったとき、ヨシ乃さんは一男さんに電話したみたい。一男さんは戻ってくるよう言ってくれたけど、今さら麿ちゃんに会えないって断ったって言ってたよ。一男さんがヨシ乃さんを連れに来たのは、ヨシ乃さんが七十歳になる前の年だったね。それまでも、ちょくちょく一男さんはここを訪ねてきてくれていたんだけど。あのときは、麿ちゃんが苦しんでいるから助けてほしいってヨシ乃さんに頼んで。それで、彼女は君の近くに戻った」

和上が麿夢を指差し、珠緒も目を細めて麿夢を見た。

「あのふたりは普通の夫婦とは違ったけど、悪い関係ではなかったわ。ヨシ乃さんは一男さんを尊敬していたし、亡くなったこと悲しんでいると思うわよ」

伊織がパッと閃いたような顔をした。

「ヨシ乃さんが、極楽浄土へ行けますようにと祈っていたのは、一男さんのことを思ってのことかもしれませんね」

麿夢はずっと、別の世界の誰かの話を聞いているようだった。

ぼんやりしている麿夢の隣で伊織が総括した。

「それぞれに麿夢君のことを想っていたっていうことですよ。近くにいなくても」

「そうよ、おばあ様もあなたのことをいつも心配していたわ、麿ちゃん、麿ちゃんって。だから、嫌わないであげて」

珠緒が言って、和上が同意して頷く。

「麿ちゃんと話ができてよかった。伊織君、よく連れてきてくれたね。それから、君も元気になっていて……安心したよ」

麿夢は俯けていた顔を起こした。君も元気になって、ということは元気がなかったことがあるのか。伊織は苦笑いして話を逸らした。

「ヨシ乃さんが亡くなるまで麿夢君には言うなと言われていたのに破ってしまいました」

「それは大丈夫よ」と珠緒が笑う。「自分でフライングしちゃったんだから」

伊織は頬を緩めて頷いた。

「さあ、麿夢君。帰ったら、一緒に『お地蔵さんのおなか』の秘密を見てみましょうか」

伊織のジャケットのポケットの中で車の鍵が音を立てた。

麿夢の部屋に着くとすぐ、ふたりそろって地蔵菩薩像に手を合わせた。昨日の今日なのに伊織は懐かしそうに地蔵菩薩の顔を眺めている。

「宝明寺の勝軍地蔵像は、燃え残った本堂の柱を削り、部分ごとにはり合わせた寄木造りでしたが、この像は、腕以外の部分を頭から足まで一本の木で彫りあげた一木造《いちぼくづく》りです。黒野家のご神木ですので、なるべく本来の木の姿のまま彫りたかったんです」

伊織は手際よく像の右手から錫杖を外した。驚いたのは、錫杖だけではなく腕も肘辺りから取り外せるようになっていたことだ。そこに切れ目があるなんて全く気付かなかった。仏像彫刻とは何と細やかな仕事だろう。

右手が取り払われて地蔵菩薩の腹部が見やすくなった。伊織は波打つような柔らかな法衣の布が表現されている部分に触れた。「地蔵さんのおなか」だ。

「この仏像を彫る前に、一男さんから渡されたものがありました。仏様に預かっていてもらいたいものだと」

「仏像に隠すように言われたってことですか？」

「隠すと言えば、隠すことになりますか。ですが、仏像の中に大切なものを入れることは珍しくありません。経文《きょうもん》やお釈迦様の骨を表す仏舎利《ぶっしゃり》、故人の髪や歯を入れることもあります」

「それは願いを込めるためですよね。……爺ちゃんの考えとは違うでしょう？」

「ええ、そうですね。普通は一度仏像に入れたものを取り出しませんし、仏像の中を見るのは修復のときくらいでしょう。預かる、ということは返せるようにしておく必要があります。ですから、ここに納めました」

地蔵菩薩像の衣のヒダにあたる部分に鉤《かぎ》状の突起が作られていた。伊織がそれに指を引っかけると、扉が開くように地蔵菩薩の腹部が開いた。中から出てきたのはお年玉袋のような小さな白い封筒だ。

目を丸くする麿夢に、伊織は少し得意げな顔をした。

「隠れキリシタンって知っていますか？　江戸時代に禁じられたキリスト教を信仰していた人たちのことです。彼らが細工をして十字架やマリア像を隠していた仏像というのが遺されているんです。その方法のひとつを採用しました」

異教の神様を守った仏像とは。仏とは本当に心が広い。

麿夢はテープで止められた封筒を開けた。出てきたのは、折りたたまれたルーズリーフに包まれた小さな鍵。重要なものにしては、随分ちゃちだ。摘まみ上げて伊織に問う。

「どこの鍵ですか？」

「わかりません。中身は私も知らされていませんでした。その紙に書いてあるのでは？」

ルーズリーフを開いた瞬間、麿夢の視界に飛び込んできたのは下手くそな丸文字。

『まろむげんきでね、だいすき、おかあさんより　1224』

麿夢は見てはいけないものを見てしまったような気になって動揺した。直ちに折れ目通りに畳み、手のひらで押さえつけた。動き出すのを恐れるように。『おかあさん』という慣れない単語は、心の内で読み返すだけでゾクゾクと寒気を覚える。うれしいのか悲しいのか、自分の感情がわからない。

「麿夢君、ちょっと見せてもらってもいいですか？」

伊織に声をかけられて、手汗で湿った紙を伊織の方へ押しやった。

思考停止状態の麿夢に代わって、伊織がルーズリーフの文字を読む。

「『1224』とは……クリスマス……」

「……それは、たぶん誕生日です、僕の」

「ああ、なるほど。地蔵菩薩の縁日の生まれなんですね」

「縁日って？」

「意味はそのまま、縁のある日ということですよ。毎月二十四日は地蔵菩薩の縁日で、祭祀や供養が行われます。旧暦七月二十四日の地蔵盆もそれにあたります。特に十二月二十四日は納めの地蔵といいますね」

麿夢はぼんやりして頭が働かなかった。伊織がひとりブツブツと手紙の考察をしている声が耳に入ってくる。

「この1224の数字は後から別の人が書き足した感じがありますね。インクが違うし、マキさんの字と思われるものより新しいような気がします。……鍵はどこの鍵でしょうか。小さなものですから、簡易的な手提げ金庫とか……屋内の収納ボックス、後は、事務机の引き出し……スーツケースなんかも考えられますか……」

それを聞いて、磨夢は鍵を手に取り、弾かれたように立ち上がった。

「え？　磨夢君、どうしました？」

伊織の声に応えず、サンダルを履いて駆け出した。

ヨシ乃の部屋に飛び込み、目指したのはキッチンのキャビネット。三段の引き出しのうち、一番下の幅広の引き出しに鍵穴がある。震える手で鍵を差したら、すんなりと引き込まれるように入った。

「おや、もう見つけたんですか」

後からついてきた伊織が玄関から顔を覗かせた。磨夢はペタリと床に腰を下ろす。

「昨日、ここで救急車を呼んだとき、家庭の家具っぽくないなって……思って。それで気づいたんです。爺ちゃんが管理人室で使ってたやつに似てるって」

昨日の時点では鍵穴には気づいていなかったが、祖父のキャビネットに鍵付きの引き出しが付いていることを思い出したのだ。

引き出しに手をかけると、自分の鼓動がうるさいほど大きく感じられた。開けるのは少し怖い。居なくても平気だった母親。向き合えば、厄介な感情を引き出しそうで怖い。だが、母親の存在はすでに磨夢の中で形を持って動き出している。

引き出しは想像していたより重く、両手を添えて引かなければならなかった。中に入っていたのは大量の紙類だ。大学ノートや綴じられていないルーズリーフの束。そのいずれにもびっしりと、お世辞にもうまいとは言えない文字が書き込まれている。チラシの裏側に書いたメモ書きのようなものまであって、まとめればミカン箱一つ分ほどになるだろう。ちらりと見えた紙片に、『びょーいん、あさ十じ、バスに乗る』『かいもの、さいふ忘れるな、しょうゆ』『わからないときはだれかにきく』子供の連絡帳のような文言が雑に書きつけられていた。これらはマキの備忘録、生きた証だ。

ノートをまとめて数冊取り出したら、間に挟まれていた小冊子が滑り落ちた。クマの親子のイラストが描かれた表紙に、『米川マキ』『米川磨夢』と母子の名前がある。母子手帳だ。一ページ目に、産院の玄関らしきところで赤ん坊を抱いた若い女性の写真が貼りつけてあった。

「この人がマキさんですね」

立膝をついた伊織が向かい側から麿夢の手元を見下ろしていた。

「……みたいですね」

実感はわかないながら認めざるを得ない。マキは麿夢にそっくりだった。

「似ていますね、君に。黒目が大きくて愛らしい、臆病な猫みたいで」

麿夢を産んだときにはもう記憶に問題を感じていたのかもしれない。写真の中のマキは笑顔だが、伊織が言うようにどこか不安げだ。

「ですが、出産を後悔しているような顔ではないですね」

「だと、いいですけど」

麿夢は一瞬、逡巡して、母子手帳を他のノート類と一緒に引き出しに戻した。

「もう読まないのですか？」

伊織は意外そうに麿夢を見つめた。

「はい。……今はまだ、見ていないことに」

「ああ、ヨシ乃さんがご健在ですからね」

「っていうか、僕も今からあの人を祖母だと思うのは難しいし、……正直、どう対応したらいいかわかんないんで、このままあの人の演技に付き合うことにしようかなって」

おそらく、仏壇の下のダイヤル式金庫は、数字を１２２４に合わせれば開く。だが、確かめるのは今ではない気がする。

　麿夢は引き出しを閉じて、鍵を伊織に差し出した。

「三玉さん、もう一度地蔵菩薩像に隠してもらえますか」

「承知しました」

「すみません、迷惑かけて……」

「いえいえ。私は一男さんに選ばれた六地蔵ですから」

「六地蔵？」

「一男さんは、自分以外にも君を見守る地蔵尊を五人用意していたんですよ。バーバー双葉の武藤夫妻、ヨシ乃さん、スーパー五代の店長さん、そして私、三玉伊織。みんな宝明寺に関係があり、名前に数字の一から六までが揃っているんです」

「え？　数字って……」

「一は一男の一、ですね。二は双葉、三は三玉、四はヨシ乃のヨで、五は五代、そして、六は双葉さんの御主人武藤さんのム、です」

「そんな強引な。スーパー五代の店長さんなんて、完全にこじつけでしょう？」

「と、思いますよね？　それが、五代の店長さんのお父様が、宝明寺の憩いの家に入居されているそうなんですよ」

よくぞ聞いてくれましたと言わんばかりの得意顔で、伊織が腕を組んだ。

伊織はスーパー五代に電話して確かめたという。店長は、月に一、二度、父親のもとを訪ねていて、ヨシ乃とも和上とも顔見知りだった。ヨシ乃がたまにカートを借りて帰ってくるのも、店長の了承を得ていたらしい。ひきこもりの磨夢を少しでも外に出そうと、ヨシ乃が考えた作戦だそうだ。

思い返してみれば、昨日の店長の様子はおかしかった。一男が死んだことで、彼が心配したのはヨシ乃のことだ。

「複数人に頼んでおけば、ヨシ乃さんが亡くなったときに、誰かが宝明寺と磨夢君を繋いでくれるというわけです。マキさんとヨシ乃さんが、けして君を捨てたわけではないと、知ってもらうために」

「……はは。爺ちゃん、ややこしいことして」

「私もすっかり思惑に乗せられてしまいました。ですが、……一男さんには何度も助けていただきましたから、恩返しの機会を頂けてよかったです」

「そうなんですか？」

「ええ。私の工房を探してくださったのは一男さんですし、一男さんのご紹介でいくつかお寺の仏様を彫らせていただきました。本当に、面倒見がよい地蔵菩薩のような人でしたね。託されたからには、これからは私が君の地蔵菩薩になりましょう」

「い、いえいえ、それなら、十分にしていただきましたから、もう大丈夫です」

部屋の片付けで見せられた鬼軍曹ぶりを考えると、伊織に面倒を見られるのは空恐ろしい気がする。社会から逃げてばかりの軟弱な麿夢に激高するのではないか。

麿夢が両方の手のひらを伊織に向けて拒否の姿勢を示すと、伊織はこめかみに指を当て困った顔をした。

「麿夢君。言いにくいことなのですが、実はこの地蔵菩薩像の代金が、一部未納なんですよ。お世話になった一男さんのことですから、請求はしないつもりだったのですが」

「いや、そんな、は、払います。いくらですか？　……銀行に行ってきます」

慌ててリュックを持って腰を上げる。と、伊織は顔の前でひらひらと手を振った。

「いえいえ、私の方は、お金ではなく労働力を求めておりまして。できましたら、麿夢君にうちの工房でアルバイトしてもらいたいなあと。お願いできませんか？」

「バイト、ですか」

「近々彫刻教室の生徒さんの作品展がありますので、手伝っていただきたいんですよ」

「作品展……ぼ、僕なんか、役に立ちませんよ……。慣れない人とはうまく話せないし
……他に探せば、もっといい人がいると思います。仏像のお金はお支払いするんで」

「事情がありまして、表立って募集がかけにくいので、磨夢君が来てくれれば助かります。君の真面目さはわかっていますから。……ネガティブ思考で臆病なところは、世間では面倒くさがられるでしょうが、工房では大して問題にはなりません。苦手でも掃除はしてもらいますけど」

何気に貶《けな》されたような気がする。

「掃除くらい、できますよ！　……必要なら」

「それならよかった。では、明日からお願いします。私のことは下の名前で、伊織と呼んでもらえませんか？　彫刻教室の生徒さんも、叔父と私を区別するために下の名前で呼んでいますので」

「下の名前……い、伊織さん、で、いいですか……」

「ええ。それで、私は磨ちゃんと呼んでも？」

「えっ、い、嫌です。それは恥ずかしい」

「ダメですか？　猫みたいでかわいいのに。仕方ありませんね、では、磨夢」

呼び捨てにされると親しげな感じがしてくすぐったい。だが、ちゃん付けよりマシだ。祖父以外の人間に呼び捨てで呼ばれたのは実に五年ぶりだった。名を呼ばれるほどの人付き合いを、また始める日が来るとは思っていなかった。不思議な気分だ。

「週五日、日中は私の工房で過ごしてください。時々は日向ぼっこでお昼寝も許しましょう。実は気になって仕方がなかったんですよ。君の小屋……失礼、炬燵を取り上げてしまったので、じっとしていられる場所もなくて大変なんじゃないかと」

微妙に悪意が籠もった伊織の物言いに冷や汗をかく。忘れていた、この美形はしばしば非常にイケズになるのだった。

……第二章　千手観音に秘密の告白……

　仏師三玉伊織の工房はレンゲ荘から車で十五分のところにある。京都市の西側にある住宅街の外れ。近くに桜や紅葉の名所といわれる寺や神社がある自然豊かなところだ。つまり、利便性はよくない。

　築三十五年の木造二階建ての母屋は、以前木材加工会社の事務所兼住宅だったものらしい。一階の作業場は、十二畳程度の細長いフローリングの部屋で、四畳ほどのキッチンが付いている。母屋の隣にある鉄骨造の建物は、大型の道具や木材の保管用の倉庫だ。

　濃紺の作務衣姿の伊織が、軋《きし》み音をたてて作業場の雨戸を開けた。

　朝日がサッと差し込み、平置きのケースに収納された大量の彫刻刀を照らす。棚の上には様々な種類の仏の頭部が生首のごとく並び、頭のない胴体が足を組んで床に座っていたりして、ギョッとする。

　麿夢がキョロキョロと室内を見回していると、伊織は少し遠い目をして言った。

「一年前に一男さんにここを紹介していただいて、叔父の工房を出ました」

「一年前というと、……わりと最近ですね」

伊織の叔父、三玉昌運が自殺未遂を起こしたのは三年前だ。昌運が首を吊っていたのは工房の木材置き場。発見したのは伊織である。伊織はやはり心が強い。麿夢なら一刻も早くその場から離れようとしたと思う。

「引き継いだ仕事がありましたので。それがいち段落したとき、仏師を辞めようかと迷ったんですよ。一男さんが背中を押してくださいました。自分の工房を持てと」

一男はよほど三玉伊織という仏師を気に入り、期待していたのだろう。

朝七時に「仕事に行きますよ」とドアをノックされたときには、始業前に座禅でもさせられるのでは？　と戦々恐々《せんせんきょうきょう》としていたが、杞憂《きゆう》だったようだ。

伊織は作業場からキッチンに向かい、無造作に髪をひとつにまとめて腕まくりをした。

「麿夢、コーヒーは飲めますか？」

麿夢が頷くと、伊織はドリップ式のコーヒーメーカーをセットして、冷凍庫から出したベーグルをトースターに放り込んだ。サラダを作り、手際よく朝食を整えていく。

「あの、伊織さん、何か手伝い……」

「いえ、けっこうです。これは私が。麿夢は座っていてください」

言い終わらぬうちにやや強めに拒否された。こだわりがあるのだろう。料理に手を出されたくないようだ。麿夢はおとなしく四人掛けのテーブルの椅子に座った。

「ここで料理するから、レンゲ荘に小さな冷蔵庫しか持ってこなかったんですね」

「ええ。ガスの火が好きなので」

ここにある冷蔵庫は大容量のファミリー向けだ。種類豊富な鍋や調理器具が壁のラックに並ぶ。カップボード下にはオーブンレンジやハンドブレンダー、ホットサンドメーカーまであって調理家電も充実している。

引っ越しの荷物が極端に少なかったのでミニマリストかと思っていたが違ったようだ。この数日の間に、作務衣以外に伊織の洒落た私服を数種類見ている。トレーナー三枚を着まわす麿夢よりはるかに衣装持ちだ。

「もしかして、伊織さんの荷物って……ほとんどここにあるんですか？」

「ここは二階の収納スペースがかなり大きいですからね」

それならレンゲ荘を借りる必要がないのでは？　と言いかけて、ハッとした。

「すみません……」

「何が、ですか？」

伊織が目をしばたたかせる。

「爺ちゃんが、六地蔵を考えて、伊織さんをレンゲ荘に入居させたんでしょう？」

「いいえ。仕事とプライベートを分けるために私が希望しました。ひとところに長く暮らすのが苦手で、よく転居するんです。それには工房に荷物を置く方が都合いいので」

「引っ越し好き、なんですか？」

「まあ、癖みたいなものです」

伊織が眉を下げて困ったような顔をした。そのとき、庭から聞こえてきたのは軽いエンジン音。窓ガラス越しに、伊織の車の横にスクーターを停める人の姿が見えた。

作業場のガラス戸から入ってきたのは黒い法衣姿の若い男だ。被っていたヘルメットを取ると、白い歯を見せて笑った。明るい色みの短い髪、活発そうな雰囲気が服装に合っていない気がするが、僧侶なのだろう。

「おっ、お前がひきこもりの磨夢か」

男がよく通る声を響かせた。伊織が男の紹介をしてくれる。

「彼は足立文彦《あだちふみひこ》といって、私の大学時代の同級生ですよ」

「足立だよ、よろしく」

「ひきこもり」と呼ばれるということは、それなりに磨夢の人物評が伝えられているのだろう。磨夢は立ち上がり、亀のごとく首を竦めて頭を下げた。

流し目で磨夢に応えた足立は、棚の上の仏像の頭にヘルメットを載せた。なんて罰当たりなことを――。磨夢が目を剥くと、足立は臆面もなく言った。

「これは仏さんじゃないからいいんだよ」

いや、どう見ても仏だ。ボツボツしたあの独特の頭にヘルメットを被せられている。

伊織は足立の行為を注意しなかった。親しい友人だから多少の無礼は許すのか？　だとしたら、ふたりの距離感に踏み込むのは面倒だ。余計なことは言わない方がいい。

足立はキッチンに入ると、肩に掛けていたトートバッグから水筒のようなものを取り出した。スープジャーだ。

「これ、前にレシピ相談したひよこ豆のスープ。今日からランチに出すよ」

伊織は合点した顔で蓋を開け、立ち昇る湯気に鼻先を寄せた。

ランチ？　僧侶の恰好をして……となると、これは……。

「お坊さんカフェ……」と、うっかり零れた磨夢の独り言に、伊織が頷いた。

「足立はカフェオーナー兼僧侶です。この姿で店に出るわけではありませんけれど」

「広い意味ではお坊さんカフェだな」

「ああ……、そういう意味……ですか」

てっきりコスプレカフェだと思っていた。足立が胸を張って肩をそびやかす。

「お経はちゃんと読めるよ。実家が寺で、俺は気楽な次男坊。今日は法事が二件重なったから手伝うんだよ。……そうだ、麿夢の地蔵菩薩の御霊《みたま》入れもしてやらないとな」

麿夢は「三玉？」と首を傾げて伊織を見て、「伊織の苗字の三玉じゃないよ」と足立に即座につっこまれる。伊織が口角を上げた。

「御霊とは魂のことです。御霊入れとは仏像に魂を入れること。開眼法要ともいいます。麿夢の地蔵菩薩はまだ御霊が入っていません。預かっていた物をいつ取り出すことになるかわからなかったので」

「御霊入れをしたら、中の物を出せないんですか？」

「人間だって意識のある状態で体を開けられたら痛いでしょう。魂が入った仏様の中を見たり修復をするときなどは、御霊抜きという儀式をして一度仏の魂を仏界に返さなければなりません。ただの彫刻物に戻すんです」

「ただの、彫刻物……あ、じゃあ、ここにある仏像は……」

麿夢の視線を追いかけて、足立はヘルメットを戴く無表情な仏像を一瞥した。

「だから言っただろう、あれは仏じゃないって」

伊織は頷いた。

「工房の仏像は修復中か制作中、またはサンプルですからね。御霊は入っていません。

だからと言ってヘルメットを被せていいとは言っていませんが。ともあれ仏像は僧侶に御霊を入れてもらって初めて仏になるのです。御霊入れの作法は宗派やお寺によって様々ですが、浄土宗の足立はお水で清める洒水《しゅすい》作法をしてくれます。他には、火打石を打って香をたく儀式や……」

伊織の声の調子が上がった瞬間、足立が手のひらを伊織の顔の前に掲げた。

「ストップ！　伊織、それ、絶対長くなるだろう」

伊織は「これから」というところで話を止められて、残念そうに眉尻を下げた。

「伊織が蘊蓄語り出したら止めていいぞ、磨夢。仏の話になると全然周りが見えなくなるから。放っとくと好きなだけ喋られる。気を付けろ」

すでにその面倒臭さは承知している磨夢は苦笑いした。だが、伊織のオタクモードの豹変ぶりはちょっと面白いと思う。美形が台無しになる感じが……。ただ、時と場所を選ばずいきなりスイッチが入るのが問題だ。

「失礼。つい」

はにかむ伊織に、目を眇める足立もまんざら嫌な気もしていないようだ。

「ま、伊織は仏が絡むと変人だってすぐにばれるから、彫刻教室ではおかしなファンみたいなのがつきにくくていいけどな」

伊織は足立の店で月に二回、彫刻教室をしているという。工房に習いに来る生徒もいるが、交通の便がいいカフェの教室が人気だそうだ。たしかに、こんな隠れ家のような場所では通いにくい。むしろ人が来るのを避けているように見える。実際、伊織は仕事の宣伝を表立ってしておらず、顧客か、顧客に紹介された人の依頼しか受けていない。

「……伊織さんが、教室をしてるのは、……意外、でした」

「私もするつもりはなかったのですが」

「どうしても伊織に彫刻を習いたいって人がいて、その熱意に負けたんだよ。伊織は警戒心が強いわりに、情に厚いところがあるから」

言いながら足立は手を洗い、勝手知ったる様子でカップボードを開いてスープボウルを出した。ラックからお玉を取って慣れた手つきでスープを注ぎ分ける。伊織はよそわれたスープをテーブルに配って麿夢の隣の席に着き、麿夢に椅子に座るよう促した。

麿夢の手伝いを断った伊織が、キッチンに踏み入る足立を拒まないことに少し気持ちがざわついた。昨日今日知り合った麿夢とは対応が違うのは当たり前だけど。

指示代名詞だけで通じる伊織と足立の会話、視線の動きだけで読む相手の行動。かつて麿夢にもそういう親しい友人がいたことを思い出して、喉の奥が締め付けられるような気がした。炬燵の中に帰りたい、と思ったとき、お腹がグウッと音を立てた。

「おっ、腹が鳴ったな。悪い、悪い、遅くなった」

足立はお玉をシンクに置いて、伊織の向かいの椅子に腰掛けた。

「しかし、伊織が弟子をとるとはね。また情熱にほだされたか？」

足立のひと言に、磨夢は座りかけた椅子から腰を浮かせた。弟子入りなんて、そんなたいそうな気持ちで付いてきたわけではない。

「磨夢は弟子ではありませんよ」

伊織がすかさず否定したので磨夢はホッとして着座した。

「違うの？　磨夢の作務衣を注文してるって言ってただろ」

「してますよ、明日には届きます。磨夢、男性用Sサイズでいいですね？」

「は、い……」

サイズの確認は注文前にすべきでは？　……待てよ、バイトに来るように言われたのは昨日だ。先に仕事着の注文をするなんて。磨夢が断るという選択肢はなかったわけか。

足立は合点がいかないようだ。

「磨夢は仏像彫刻をしたいわけじゃないのか。じゃあ何？　ただのバイト？」

「彼は、いわばお預かりした保護猫のようなものです」

伊織がしれっと答える。足立は目をぱちくりさせている磨夢をまじまじと見て納得した。

「なるほど、放っておくのは心許ない子猫っぽい感じはあるね」

頼りないのは認めるが、扱いが人間ですらないとは。麿夢はがっくりと首を垂れた。

ふと足立が麿夢と伊織を見比べるように眺めて、何か思いついたような顔をする。

「お前たちちょっと似た匂いがするよな」

「失礼な。私はこんなに軟弱ではありません」

「いや、伊織も傷ついた野生動物みたいなところあるし、共感できるんじゃない？　いい関係が作れるよ、きっと。麿夢、伊織を助けてやってよ」

「……ぼ、僕なんかが、役に立てるようなこと……ないと思います」

逃げることしか知らず、自分のこともできなくなったひきこもりが、人のためにできることなどない。まして、伊織のようにひとりで何でもできそうな人の役に立つなど。

伊織も首を横に振って言う。

「助けなんて要りませんよ。私は空手黒帯、剣道四段です」

「そういう助けじゃない。麿夢は居るだけでいいんだよ。癒やし効果は保護猫以上かもよ。伊織が一緒に食事するなんて、よっぽど心を開いてる証拠だしな」

伊織はスープスプーンを口に運びかけた手を止め、眉間に皺を寄せた。

「余計なことを言わないでください、足立」

「だって、そうだろう？　日頃お前はこんな風に気の緩んだ姿を他人に見せない」

人前で飲食をしない、人前で眠らない、他人の運転する車に乗らない、同じところに長く住まない。伊織には決めごとがたくさんあるようだ。磨夢が「なぜ？」と問う前に、足立が答える。

「伊織は人間不信になるには十分な怖い目に遭ったことがあってね」

「足立」と咎《とが》める声音で伊織が呼んだ。

「はいはい。俺からはこれ以上言わないよ。けど、磨夢、もしものときは頼んだぞ」

足立の顔が真剣だったので、磨夢は首を傾げながらも頷くしかなかった。

怖い目とはどんな経験だろう。伊織はけして弱い人には見えない。その伊織がこれほど警戒心を強くしているのだから、相当な恐怖だったに違いない。——だが、おそらく傍にいても伊織はそれを話さないと思う。磨夢が心の傷を他人に打ち明けるつもりがないように。互いの秘密に触れるほどの距離に近づくことなど、きっとない。

朝食が終わると、足立は隣町の檀家の家に出掛けていき、伊織は彫刻の作業に取り掛かった。磨夢の最初の仕事は皿洗いだった。三人分の朝食の食器と調理器具を水切りラックに納めたとき、作業場から声がした。

「磨夢、片付けが終わったらちょっと来てください」

作業場の一番奥に伊織の作業机がある。その机を背にして伊織が向き合っているのは、小柄な人くらいの大きさの真新しい仏の座像。高く結い上げた髪に小さな仏像が付いた冠を載せている。

手招きされ、磨夢は伊織の隣に腰を下ろした。

深呼吸したくなるような心地よい木の香りが正面から漂ってくる。

「何という仏ですか？　この仏はパンチパーマじゃなくて、髪が長いんですね」

「聖観音菩薩《しょうかんのんぼさつ》です。このように長い髪を頭上に結んだ髪型は宝髻《ほうけい》と呼びます。パンチパーマのように見える仏の髪型は螺髪《らほつ》です」

「この冠に付いてる小さい仏像が、螺髪ですね」

「そうです、これは化仏《けぶつ》というもので、観音菩薩の正体が阿弥陀如来であるということを表しています。磨夢は如来と菩薩の違いはわかりますか？」

「いえ、まったく」

「仏教の開祖、釈迦はご存じですよね？　釈迦は小国の皇子として生まれますが、生きる苦しみを知り出家しました。菩薩は皇子だった頃の釈迦がモデルです。ですから髪を高く結い上げ、装飾品を身に付けています。地蔵菩薩は修行中の姿ですね」

「そっか……伊織さんって、仏っぽいと思ってましたけど、菩薩に似てるんですね。なんていうか……皇子感が」

伊織は靨夢の差出口に一瞬眉根を寄せ、「そうですか」と首を捻りつつ解説を続ける。

「如来は悟りを開いた釈迦を象っていて、――大日如来のような例外もありますが――布を巻きつけた質素な姿で頭は螺髪になっています」

「仏って、偉くなってからの方が地味なのか……」

チッチッチッと伊織が舌を鳴らして人差し指を振る。

「如来は最高位ではありますが、菩薩より偉いというわけではありませんよ。菩薩は如来よりも、より具体的な人の願いに寄り添います。聖観音は人々の多彩な願いに対応するため、腕が六本の如意輪観音、三面三眼に八本の腕を持つ馬頭観音、十一の顔がある十一面観音や千手観音のように姿を変化させたんです」

「観音様っていろんな名前を聞くけど、聖観音の変化形、なんですね」

「ええ。三十三種の変化と説く経典もありますが、よく見られる仏像は六観音ですね」

「人と同じ形の聖観音が、人の願いを叶えるために人じゃない形になるって考えると……怖い、ですね……。千手観音は、手が千本あるうえに、顔が十一面も？」

「二十七面のものもありますよ。千手観音は正しくは千手千眼観世音と言い、千本の手のそれぞれに眼が付いています。多くの人の願いを見逃さないように」

千手観音がその形になる過程は、どこかで読んだ漫画の、人の欲望を吸収していく怪物と同じではないか。仏に縋《すが》ることが危ういことに思えてきた。

愕然としていたら、伊織が、「千手観音はオールマイティーですが、他の観音菩薩にはそれぞれ得意な分野がありまして」と、ハイテンションで全種類の観音菩薩の解説をしそうだったので慌てた。きっと滅茶苦茶長くなる。

「い、伊織さん、何か用事があって僕を呼んだんじゃなかったですか？」

「おっと、そうでした。磨夢、この写真とこの像を見比べてどう思いますか？」

写真も聖観音菩薩像のようである。同じように一輪の花——泥の中から咲く、清らかな蓮華《れんげ》だそうだ——を持っている。伊織が制作中の仏にそっくりだ。だが写真の方はかなり古いもののようで全体が灰色と黄土色の斑《まだら》になっている。背景の壁は……。

「これ、……もしかして写真の仏像は小さいですか？」

「おや、よく気付きましたね」

「え、ええ。後ろに写ってる黒いの、これ箱ですよね」

「厨子《ずし》と呼んでください」

「写真の仏像の大きいものを、作ってるってこと……？」

「そうです。この仏像の中に写真の聖観音像、お寺のご本尊ですが、これを入れます」

「仏像、イン、仏像」

「ふふ、そういう言い方もできますか。私が作っているのは鞘仏《さやぼとけ》というものです」

古い仏や傷んだ仏を胎内に収めるための仏だそうだ。仏像の中には大切なものを収めると聞いたが、本尊そのものを入れることがあるらしい。

「鞘仏がご本尊を腐朽《ふきゅう》や破損から守り、仏像盗難の防止にもなります。この大きさですと、おいそれとは持ち出せませんから」

「そのご本尊、盗難の危険があるほど有名な仏像なんですね」

「そういうわけではありません。転売目的の盗人には文化的価値など関係ないです。こちらは京都の日本海側にある長萬寺《ちょうまんじ》という小さなお寺ですが、以前、仏堂から千手観音像を一体盗まれているんです」

「すでに被害に……。仏像の盗難って珍しくないんだ」

「宗教美術品は古美術品の市場において、まずまず人気のジャンルのようです。最近では盗難対策で、『お身代わり仏像』という3Dプリンタを使ったレプリカを安置するお寺もあるくらいですよ」

レプリカには御霊入れがされるのだろうか。拝む方からすればなんとも味気ない気分になりそうだが、大事な仏像を守りたいお寺にすれば致し方ないことだろう。

「だから……伊織さんの鞘仏は、怖い顔をしているんですね……本尊を守るために」

「やはり、怖いと感じますか」

伊織は仏像と正面から向き合う。磨夢も立膝をつき、仏像と目の高さを合わせた。

「怖いっていうか……静かに威嚇《いかく》してるような感じで、写真のより厳しく見えます」

「それはきっと、私がそういう気持ちで彫ったからです。人々の祈りが込められた仏をお金に換える輩に怒りが湧いてしまって。視線をもう少し優しくした方がいいですね」

「え……仏師の気持ちは入っちゃダメなんですか？」

「あまり強く入り過ぎると邪魔になるでしょう」

「仏師の気持ちが要らないなら、3Dプリンタで作れば……あ、いえ、嘘です」

仏師に向かって言ってはいけないことを言ってしまった。こうやって無意識のうちに傷つけてしまうから人と関わりたくないのだ。だが、伊織は磨夢の失言に気分を害した様子は見せなかった。

「麿夢の言う通りです。今の時代、仏像を彫る必要があるのか、私も日々考えています。そうだ、麿夢もよかったら彫ってみるといい。今日は工房で彫刻教室がありますから」

工房に彫刻を習いに来ているのは三人だけだった。服部由美《はっとりゆみ》という五十代の主婦と、同じく五十代半ばくらいの派遣社員、小川健太《おがわけんた》、その友人で六十代の西小路幸次郎《にしこうじこうじろう》。このメンバーに麿夢を入れて、四人で二台並ぶ長机を囲んでいる。

足立が言っていた、伊織に教室を開かせた情熱的な生徒というのは小川だった。頬がこけた彫りの深い顔が、仏よりもキリストを思わせる。痩せていて弱々しくて、「情熱的」とは対極な印象だ。小川はかすれた声でボソボソと話す。

「昌運先生の個展に、西小路さんに誘われて……伊織先生の仏像を見たんですよ。それが、美しくて……。ぜひ、伊織先生に彫刻を習いたいと」

小川が伊織を訪ねたとき、伊織は仏師を辞めようとしていた。それを引き留めるために何度も足を運んだらしい。叔父の自殺未遂というトラウマから伊織を救った人のひとり、といえるかもしれない。

小川は三頭身にデフォルメされた地蔵菩薩像を彫っている。六地蔵を揃えるために地蔵菩薩ばかり作り続け、五体目に取り掛かったところだそうだ。机の上には先週完成したという四体目の地蔵菩薩が置いてある。どうやらこの人はあまり器用ではない。子供の工作のような拙《つたな》さが荒い削り跡に見られる。素朴さが味になっているとも言えるが。

　西小路はもともと昌運の教室の生徒だったそうだ。三人の中で一番彫刻歴が長い。手掛けている聖観音立像は、他のふたりの仏像より大きく、手が込んでいる。

　由美も昌運が倒れる少し前から彫刻を習い始めていて、伊織の教室に移動した生徒だ。自身によく似たぽっちゃりした三頭身の不動明王を彫っている。

　レベルも進行状況も違う生徒たちを伊織が順に巡って、個別に技術指導していく授業形式だ。授業の初めに、麿夢は工房の雑用係の試用期間中だと紹介された。

「小川君と僕は癌友《がんとも》だよ。同じ病室に入院していてね」

　麿夢の向かいに座る西小路がロマンスグレーの髪を撫でつけながら愛想よく言った。

麿夢の隣で小川がぎこちない笑顔を見せる。インテリ紳士風の西小路と素朴な雰囲気の小川に接点が見られなかったが、そういう出会いなら納得だ。退屈な入院生活中に仏像鑑賞という共通の趣味で話が弾んだらしい。

「それで西小路さんは余命半年のステージ4から寛解に至って、すでに六年経つのよね」

　西小路の隣の円座に正座を崩して座る由美が先回りして話す。

「面倒くさそうに言わないでよ、人のプロフィールを」

「だって西小路さんいつもそれ言うでしょう。聞き飽きちゃって。そんなだから、カフェの方の教室で嫌がられたのよ」

「あっちは月二回しかないし、若者ばっかりだから。仏像じゃないものを彫ってるし」

カフェの授業は金曜の夕方開催とあって、若いOLや学生の参加者でいっぱいらしい。その雰囲気に馴染めない三人が工房に来ているようだ。

「磨夢君は、カフェの方もお手伝いに行くでしょう？　きっとあっちは楽しいわよ。こんなおじさんおばさん相手より、もっとお話もできるでしょうし」

由美は磨夢が無口なのは年齢層の違う集団にいるからだと思っている。「ねえ、先生？」と、磨夢の指導をしている伊織に同意を求めた。

「どうでしょうか」

伊織が無表情に答えるのに便乗して、磨夢も首を傾げた。

「もう、先生ったら、仏像以外の話にはまったく乗ってこないんだから」

「先生を困らせないでよ、服部さん」

西小路が伊織を擁護すると、由美は面白くなさそうに口を尖らせた。

「だって、もったいないでしょう。こんなかっこいいのに。若い生徒さんの中には先生とお話ししたい子がたくさんいるのよ、もう少し気さくに接したらいいと思うわ」

伊織からすれば「先生とお話ししたい子」は、最も避けたいだろう。伊織は愛想笑いで由美の話を受け流して麿夢の指導に戻った。麿夢も手元の作業に集中する。

麿夢の課題は入門者用の手のひら地蔵だ。地蔵菩薩は剃髪《ていはつ》なので初心者には彫りやすいのだろう。材料は高さ十二センチほどの長方形のヒノキのブロック。それに前後左右それぞれの向きの地蔵のイラストが貼りつけてある。

伊織がイラストの左右の耳の部分に青色鉛筆で線を引いた。

「この線の部分を丸刀で真っすぐ彫ってください」

「……絵の上から、ですか？」

「そうです。ここは耳の凹んだ部分になるので、要らないんです」

理屈ではわかるが、いざ手を動かそうとすると躊躇《ちゅうちょ》してしまう。立体を把握するのは難しい。麿夢には木の中の仏は見えてこなかった。

伊織は印を付けた部分が彫れたら知らせるように言いおいて、小川の指導に移った。一台の長机を挟んで小川の正面に座り、小川の材木にも削り落とす部分に鉛筆で印を付けて説明する。小川はどこかぼんやりしていて授業に身が入っていない様子だ。「わかりますか？」と伊織に声を掛けられて、慌てて顔を起こした。

伊織は鉛筆を持つ手を止め、向かいの青白い顔を窺う。

「小川さん、体調が悪いですか？」

「い、いえ、すみません。ちょっと考え事を……。先生、あの、あれは……長萬寺さんの仏さんですよね？　……完成したんですか？」

小川の視線の先には授業の直前まで伊織が彫っていた聖観音像の鞘仏があった。

「ええ。微調整しているところです。来週、開眼法要ですよ」

それを聞いた西小路が大袈裟に頷いた。

「凜々しくて立派な聖観音だ。あの大きさなら泥棒も簡単に盗めない。これで長萬寺さんは安心してご本尊をお祀りできるね」

「そうね」と由美が相槌を打って、続ける。

「盗られたのは古い千手観音像でしょう？　犯人はもう売り払っちゃったかしら。燃やされたり壊されたりしてなければ、誰かが見つけて返してくれる可能性があるわよね」

小川が悩ましげな顔をして俯く。伊織は「いずれにせよ」と言い置いて、眉をひそめ、般若のようなおどろおどろしい表情をして断言した。

「御霊が入った仏様を苦しい状況に置けば必ず報いがあります。盗った者は千本の腕にからめとられ、すでにこの世で地獄のような時を過ごし、苦しみ、もがいているはずです。長きにわたり、多くの人の念を受け取ってきた仏様ですから」

聞いたら呪われる怪談話でも聞いたような気分だ。絶対に仏像は盗むまい。時を重ねた古いものが失われるのは残念なことだ。歴史的建造物の火災のニュースなどを見ると、麿夢でも胸が苦しくなる。粉々になってしまえば積み重ねた時間は戻らない。誰の手に渡っていたとしても、せめて無傷であってほしい。

ふいに西小路が伊織に尋ねた。

「なくなった仏像と言えば……昌運先生の毘沙門天像は見つかったの？」

「いいえ、まだです。疑わしいものが出たら声を掛けてもらえるよう、知り合いの古美術商に頼んであるんですが」

麿夢は思わず横から割り入った。

「昌運さんの仏像も、盗まれたんですか？」

麿夢が突然大きな声を出したことに驚いたのか、隣の小川がビクリと肩を震わせた。

伊織はその様子を目の端で見やり、麿夢に応える。

「盗難ではないのですが、叔父の毘沙門天像が誤って人手に渡ってしまいまして……。私が個人的に捜しているんです」

「毘沙門天？　あれ……七福神ですよね……仏……じゃないんじゃ……」

「よく気づきましたね、麿夢。元はインドの神様です。それが仏の守護神として仏教に組み込まれました。仏像のカテゴリーでは天部と呼ばれます。弁天などもそれですね。毘沙門天は、甲冑で身を固めた勇ましい武神。四天王という言葉は知っているでしょう？　その四天王のリーダーで唯一単独で祀られることがあります。四天王は――」

磨夢が話の筋から逸れたことを言ったばかりに、伊織の蘊蓄スイッチを押してしまったようだ。これでは授業が進まない。磨夢は、滑らかに語る伊織の作務衣の袖を強めに引っ張った。伊織は磨夢の「戻ってきてください」の合図を理解してくれたらしく、咳払いして自分でブレーキをかけた。

西小路が「おお」と感嘆の声を上げた。

「磨夢君すごいね、先生の蘊蓄を止めるなんて！　皆、遠慮して止められないんだよ」

伊織が取り憑かれたように語り始めると、皆ひいてしまってお手上げだったそうだ。そんな時カフェの教室では足立がストッパーとして呼ばれるらしい。

「伊織先生と磨夢君、けっこういい師弟コンビね」

由美が拍手して言ったひと言を、伊織は「師弟ではないです」と否定して、真面目腐った顔で言った。

「磨夢と私は保護猫と里親の関係です」

由美と西小路は暫しキョトンとした顔で磨夢と伊織を見て、ふたり同時に笑い出した。

「やだ、先生、珍しくふざけるから驚くじゃない」

「先生も冗談を言うんだね、珍しい」

伊織の茶化した態度が珍しい？　度々からかわれている磨夢は腑に落ちない。猫を被っているのはどっちだ。

尖った視線を伊織に向けると、相変わらず心ここにあらずの小川の姿が視界に入った。何か悩みがあるのだろうか。伊織は小川を気にしながら西小路の指導に移った。

西小路は制作中の仏像に伊織からいくつかアドバイスをもらった後、

「先生、長萬寺さんから盗まれた千手観音像の画像はある？　あったらほしいんだけど。ネットの写真は小さくて見にくくて」

と言った。ネットオークションで出品される仏像をいつも注意して見ているらしい。

「写真がありますのでコピーしましょうか」

伊織は立ち上がって廊下に出て行った。物置になっているという二階に取りに行くようだ。伊織の姿が見えなくなった途端、由美が肩をすくめた。

「伊織先生ったら、まだ毘沙門天像を捜してるのね。やめればいいのに、莉菜子《りなこ》さんを思い出すようなこと」

「そうはいかないよ。あの像は昌運先生から伊織先生に譲られるはずだったんだ」

西小路が声量を控えめにして答える。

聞き逃せなかった麿夢は、由美と西小路の方へのそりと身を乗り出した。

「り、莉菜子さんって、……どなた、ですか？」

「あら、麿夢君は知らないのね。昌運先生の奥さんだった人。美人なんだけどさ、浮気したり、ご主人の作品を勝手に売ってお金にしちゃったり、なかなか奔放な人だったのよ。昌運先生を自殺未遂に追い込んだ張本人ね」

由美は麿夢が話に加わったのがうれしかったようで嬉々として教えてくれた。毘沙門天像を売り払ったのも莉菜子らしい。

伊織は自分が昌運の自殺未遂の原因だと言っていたが、違うのだろうか。

「服部さん、やめなよ、ペラペラ喋るのは。昌運先生はまだ離婚してないでしょ。それに、夫婦のすれ違いなんて本当のところは他人にはわかんないんだから……」

「離婚してるようなものでしょう。西小路さんは、あんなひどい人を庇《かば》うの？」

「アルコール依存症だから、病気だよ。今は更生施設に入ってるって僕は聞いてるよ」

「病気だか何だか知らないけど、昌運先生があの奥さんに入れ込んだせいで、伊織先生との師弟関係もおかしくなっちゃって。挙げ句、刃物を振り回すようなひどい夫婦喧嘩に伊織先生を巻き込んだのよ。伊織先生、切りつけられてケガしたんだから。それからすぐ後に昌運先生があんなことに――」

「まあ、伊織先生は被害者だね」

「そうよ。よっぽどショックだったのね、伊織先生ったら、前からクールだったけど、あれからもっと頑《かたく》なになっちゃった。近づいてくる人を拒絶するのよ。カフェの教室では先生にお断りされてやめた子が何人もいるの」

　夫婦喧嘩に巻き込まれた？　伊織を切りつけたのはアルコール依存症の叔母か？　伊織の経験した「怖い目」とは、昌運夫妻の夫婦喧嘩のことだろうか。

「あの……」と麿夢はさらに前のめりになった。そのとき階段を下りる伊織の足音が聞こえ、由美は口をつぐんだ。西小路が作業を再開するのに促され、麿夢も彫刻刀を持ち直す。話に加わらなかった小川は、茫然としたまま鞘仏を眺めていた。

「作品展のハガキの余分です。よろしければご家族やご友人に差し上げてください」

　授業の終わりに、伊織は案内ハガキの束を長机の上に置いた。足立の店で教えている生徒との合同作品展が二週間後に開催されるらしい。

「それじゃ、私は娘とパートの仲間に配るわ。西小路さんは？　そういえば前回の作品展、奥様はいらしてなかったわね」

由美に言われて、西小路がギクリと顔をひきつらせた。

「いや、……実は、家を追い出されちゃって。別居してましてね」

「えっ？　病気を乗り越えられたのは奥さんのおかげって散々言ってたのに、急にどうしたの？」

目を丸くしているのは由美だけではなかった。小川も信じられないという顔をして西小路を見ている。よほど夫婦円満そうに見えていたのだろう。

「急ではないよ。まあ、僕が悪いんだけどね。……要らないことを言ってしまって。六年前、手術したときに。死ぬ前の懺悔のつもりで話したことが、思いがけず生き延びたばかりに、じわじわと響いてきたというか……」

余命宣告を受けて死を覚悟した西小路は、会社の同僚と不倫関係にあったことを、妻に涙の謝罪と共に告白したという。一度は許してくれていた妻も、癌の寛解で元気になっていく西小路に次第に冷たくなっていったらしい。

「死んだ方がよかったと思われていたのかな」

「呆れた。西小路さん、あなたなんて自分勝手な人なの」

「だって、あのときは、……すべて吐き出してしまう方が誠実な気がしたんだ」

「自分がすっきりしたかっただけでしょう。残される妻の気持ちは全く考えてない」

由美が妻側に自らを重ねるのは当然のことだろう。意外だったのは小川の反応だ。頬のこけた顔を赤黒く変色させて、落ちくぼんだ目を吊り上げている。

「本当に酷いですよ、……そんな告白、懺悔でも何でもない。……そういうのは、罪悪感に苛《さいな》まれながら、ひっそりと墓場まで持っていくべきだ！」

「お、小川君が怒ることじゃないだろう。独身で気楽な君に、僕の気持ちがわかるもんか」

由美に非難されるよりも不快だったようだ。西小路は怒りを露《あらわ》にした。

「西小路さんだって、僕の気持ちなんか……わからないでしょ、見舞いに来る家族もない寂しさが。……さ、寂しくても、縋れるものがない不安が」

「そんなの知ったことか。知ったところで、君に偉そうに言われる筋合いはない！」

「偉そうなのはあなたでしょう。何でも思い通りになると思ってるから、そんな思いやりのない告白ができるんだ！」

磨夢の目の前を激しい唾液飛沫が飛び交う。長机を挟んでいなければふたりは摑み合っていただろう。磨夢は床に座り込んでおたおたとふたりの顔を見上げていた。伊織が、「少し冷静になりましょうか」とふたりの間に入ったとき、小川が痩せた体から絞り出すような声で叫んだ。

「あ、あんたなんかっ、許されなければいいいんだ！」

「うるさいっ　黙れ！」

西小路が相手の机の天板に手をかけて持ち上げた。彫刻刀が転がり、小川の完成した地蔵菩薩像が揺れた。小川が足元に落ちる木屑と彫刻刀を避ける。尖った刃先に竦んだ麿夢は、伊織にトレーナーの首を摑まれ後ろに転がされた。続けて伊織は倒れる地蔵菩薩像に腕を伸ばした。だが間に合わない。地蔵菩薩像は合掌したまま床に落ち、割れた木片が麿夢の足元に飛んできた。仏の小さな指先だ。作業場は静まり返った。

「いい加減にしてください。おふたりとも」

キンッと冷え切った伊織の声が別の緊張感を呼び起こす。西小路に向けられた伊織の視線は、背筋を凍らせるような厳しさを帯びている。西小路は一瞬怯《ひる》んだ様子を見せたが、「気分が悪い！」と吐き捨てて、コート掛けから上着をもぎ取るようにして作業場を出て行った。

「何なのあの態度は。ただの逆ギレじゃないの」

由美もまたイライラと荷物を取り上げて、荒い鼻息を吹き出して帰っていった。

小川は頰を強張らせ、立ち尽くしていた。麿夢は手のひらに載せた地蔵菩薩像の指先を伊織に見せた。幸い、複雑に割れてはいない。伊織の瞳にも安堵の色が浮かんだ。

「小川さん、仏様の傷みはひどいものではないので、作品展までに私が修繕しておきますね。お預かりさせてください」

「……ああ、はい。すみません、……よろしく、お願いします」

小川が頬骨の浮き上がった顔をわずかに緩ませ頭を下げた。髪の隙間からうっすらと後頭部の地肌が見える。伊織は散らばった小川の彫刻刀を拾い集めて言った。

「何か、悩みが？」

問われた小川は一瞬怯えたような目で伊織を見て、「ええ……ちょっと」と濁した。悩みを吐露する気はないようだ。伊織は話題を変えた。

「あと二体で六地蔵が完成ですね」

「……間に合いませんでした」

「期限はないですよ。今回の作品展は完成した四体を並べましょう。残りは次回に」

「いえ、……もう、僕は……餓鬼道に、落ちますから」

「餓鬼、道？」と、麿夢は裏返った声で繰り返した。たしか六道のうちのひとつだ。

伊織が麿夢への説明を兼ねて小川に問うた。

「飢えと渇きに苦しむ世界……地獄道のひとつ上の世界に落ちる、と？」

小川は意味ありげに薄く笑って頷いて、彫刻刀を鞄にしまった。

六つの世界を救済する六地蔵のうち四つしか作れなかったから、五番目に過酷な餓鬼道に落ちるという意味だろうか。随分大袈裟なことを言う。

磨夢と伊織は作業場を後にする小川にかける言葉もなく見送った。

磨夢は落ちた木屑を箒で掃き寄せた。フローリングの板に彫刻刀が付けた傷が残っていた。重いため息が出る。ひきこもりだった身には複数の人と話す状況だけでも疲れるというのに、とんでもない嵐に巻き込まれてクタクタだ。

帰りたい。……正確には炬燵に戻りたい。

伊織は小川の地蔵菩薩像を自分の作業机に運んで修復している。仏像の胸元に付いた傷を削っているようだ。仏像越しに目が合うと、伊織は彫刻刀を机に置いた。

「お疲れですね、磨夢」

「……はい。なんか、……びっくりして」

「教室で喧嘩は初めてです。仏を彫るとだいたい皆さん穏やかになりますから」

「西小路さんの、夫婦の問題なのに……どうして、あんなことに……」

磨夢は掃き集めた木屑を塵取りで取ってゴミ箱に放り込んだ。伊織は磨夢が箒を道具入れに戻すのを見届けて、円座の上で足を組みなおした。

「不義の問題というより、裏切っていた事実を告白するのが誠実か、墓場まで持っていくべきか、ということですね」

言われてみれば、誰も不倫そのものを非難していなかった。

「磨夢は聞きたいですか？　大事な人が磨夢に言えない秘密を抱えて悩んでいたら。磨夢に気を遣って、その秘密を墓場まで持っていこうとしているとしたら」

作業机の脇に腰を下ろすと、伊織にじっと見つめられた。磨夢の鼓動が速くなる。

「え……僕は……」

怖いから聞きたくないです、という末尾は口の中でごにょごにょと誤魔化《ごまか》す。知れば辛い思いをするかもしれない。受け入れられないものかもしれない。消極的な考えが浮かび尻込みする。磨夢には人の秘密を背負う自信がなかった。

伊織は、磨夢の気持ちを見通しているようだ。

「告白を受ける方も覚悟が要りますからね。告白する側も相手を見て、言うべきか黙っておくべきかを見極める必要があるでしょうね。西小路さんの場合は、きっと奥さんが許してくれるという甘えがあったはずです。それを他人に改めて非難されて、カッとなってしまったんでしょう。本当は泣きたい心境だったのでは？」

気取った紳士という雰囲気だった西小路が、虚勢を張る子供のように見えた。肩を怒らせ出て行った西小路。磨夢は、その背中を見送る小川の青白い横顔を思い出した。

「小川さんは……なんであんなに怒ったんでしょう……餓鬼道に落ちるって……」

「餓鬼道とは、人を羨み、人の物を奪った者が落ちる世界……」

「も、もしかして、小川さん、……西小路さんの奥さんが、好きなんじゃ……」

「なるほど。そんな解釈ができますか。ですが、彼の憂いの理由は違うと思います。私が気になるのは、もっと別の……」

「何か気になることが？」

「まだはっきりしませんが……。とりあえず、西小路さんの奥さんに作品展の案内ハガキを送っておきましょうか。夫婦の問題には関わりたくないですが、また教室で喧嘩されるのも困りますから」

夫婦の問題に関わりたくないとは、昌運夫妻のことがあったからだろうか。

伊織は他人との間に線を引くくせに、けっこう世話好きなところがある。磨夢はときどき、伊織に祖父が重なって見えた。


工房の二階は八畳一間の洋室で、奥の壁一面が大容量のクローゼットになっていた。部屋の半分を埋めているのは積み上がった段ボール箱と仏像だ。

「箱の中も仏像です。習作ばかりですが。出窓にある三体が、さっき捜していると話した毘沙門天像の仲間、叔父が彫った四天王像のうちの三体です」

四天王像は中華風の甲冑に身を包み、邪鬼を踏みつけている。如来や菩薩の像と違い表情が豊かで活発な印象だ。衣装や装飾品の模様が細やかで美しい。

「昌運さんの像は、すっきりしていて……、繊細ですね」

「そうですね、叔父は豪快さで誤魔化さない、静かな仏を好んで彫ります。叔父の仏には私には出せない透明感を感じます。純粋で真面目なところがある叔父にどこか似ているんです」

伊織は愛おしそうに昌運の仏像を眺めた。

昌運は伊織のように木の中に仏を見ることはなかったが、仏を木の中に引き込むような感覚で彫っていると話していたという。仏師によって感じ方はそれぞれなのだろう。

「僕は、……伊織さんの仏像が、好きです。存在感があるっていうか、……どうしても、目が逸らせないっていうか……、優しそうで怖そうで、伊織さんに似てます」

磨夢が何の気なしに呟いたことに、伊織は虚を突かれたかのように磨夢を見返した。

「磨夢はなかなか褒め上手ですね」

「褒めたわけじゃなくて……思ったことを、そのまま言っただけで……」

伊織はいっそう驚いたような顔をして手の甲で口元を押さえた。微かに耳が赤い。「どうしたんですか?」と顔を覗こうとすると、逃げるようにしてクローゼットの方に顔を向けてしまった。もしかして、照れ臭かったのだろうか。

伊織はしばらく無言でクローゼットの中の棚を探っていた。茶色の革カバーのノート——住所録のようだ——を取り出して振り返ったときには、もう平静ないつもの顔に戻っていた。

「西小路さんは叔父の教室の生徒さんだったので、叔父の住所録に入っているんです」

西小路は家を追い出されたと言っていたから、妻の住所は以前のままだろう。

麿夢は住所録を繰る伊織の隣に座った。

難解な崩し字が並ぶ中に、突如、かっちりしたブロック体のアルファベットが現れた。外国人の住所のようだ。宗教関係なく、インテリアとして仏像を買う人もいるのかもしれない。伊織がアルファベットの文字に指で触れた。

「フランス人のブランさん、叔父がパリで個展を開いたときのお客さんです」

「外国で、個展を?」

「ええ。私の仏像も一体、出させてもらいました。これがそのときの写真です」

伊織は住所録の最後に挟んであった写真を見せてくれた。写っているのは、背の高いマッシュヘアの男性と複雑な形の仏像。キラキラした笑顔の若い伊織と千手観音像だ。

千手観音像の高さは八十センチくらいあるだろうか。十一面の頭部とたくさんある腕のバランスがいい。腕の付き方が自然で今にも動き出しそうだ。おどろおどろしさは感じない。むしろ魅惑的だ。

「二十四歳の私ですよ。千手観音は小像の仕事の傍ら、四年ほどかけて彫った仏です」

「手って……本当に千本彫るんですか？」

「いえ、実際千本付いている像もないわけではないですが、多くの千手観音像の腕は四十二本ですよ。正面の合掌している手を除く、脇の四十本の腕がそれぞれ二十五の世界を救う。四十掛ける二十五で千になります」

「四十二本彫るのも大変ですよね……。この千手観音の存在も感じたんですか？」

「いえ。この像は手や顔の練習になればと彫り始めました。ですが、彫っているうちに仏の力が伝わってきて、自分に叶えられない願いはないような気持ちになりました」

彫ることで自信がついたという意味だろうか。たしかに、二十四歳の若者が手掛けたとは思えない迫力だ。

「今どこに……」と、磨夢が室内を見回すと、伊織が右手をひらひらと振った。

「ここにはないです。今は長萬寺さんの仏堂に」

「……長萬寺、さん……ああ、千手観音像を盗まれた……」

「そうです。それを知って私からお寺に連絡しました。失われた像には及びませんが、心を込めて彫った仏ですので、置いてもらえたらと。住職は快く受け入れてくださって」

その縁で今回の鞘仏を依頼されたらしい。

伊織は写真を住所録に戻して言った。

「ブランさんの手紙が、叔父と私の間の亀裂を深めるきっかけでした」


六年前、昌運は仏師として彫刻家としての飛躍を願い、パリで個展を開いた。個展は好評で、小像がいくつか売れた。だが、期待したほど有益な仕事には繋がらなかった。昌運はあまりプロモーションがうまくなかったようだ。

個展で昌運の聖観音像を購入したブラン氏から手紙が届いたのは、帰国して一カ月ほど経ってからのことだ。大学時代に第二外国語をフランス語にしていた伊織が手紙を訳した。内容は概ね個展の成功を労《ねぎら》うもので、一番気に入ったのは非売品だった千手観音像だと書いてあった。千手観音像は伊織が彫ったものだが、ブラン氏はそれが弟子の作品だと気づいていなかったらしい。伊織は飛び上がりたいほどうれしかった。しかし、その部分を昌運に聞かせることを避けた。昌運の嫉妬の対象になりたくなかったのだ。

「叔父は私が叔父を脅かす存在になると思っていました」

三玉グループで一番の自由人だと思っていた昌運は、競争を嫌う、気が弱い人だった。伊織がライバルになることを恐れていた。

「叔父の代筆でブラン氏に返事を書きました。そのとき、最後に自分の言葉をこっそり足してしまったんです。『私の仏像を気に入ってくださってありがとうございます』と。それから、自分のメールアドレスを」

メールのやり取りが始まり、やがてブラン氏から伊織に仏像制作の依頼がきた。

「叔父の目を盗んで新作を作ることはできません。私は本当のことを話しました。叔父は、悲痛な顔をしていました。私が叔父のプライドを傷つけたんです。秘密を作ったなら、最後まで黙っておくべきでした。私は叔父が傷つきやすいことを知っていたのですから。……叔父が壊れるきっかけを作ったのは私です」

伊織は感情を削ぎ落とした鉄仮面のような顔をしていた。光を失った悲しい顔だ。麿夢はその顔にショックを受けた。

「伊織さんは……嫉妬が原因で、昌運さんが、……自殺しようとしたと？」

「もちろん、それだけが原因ではないですが、原因のひとつだったと思います。……秘密は厄介です。誠実に生きていても発生する。秘密を持ってしまえば、相手に告げるのか守り通すのか。相手のことも考えなければいけない」

磨夢は伊織との間に大きな隔たりを感じた。伊織は心が強い人だから、昌運が傷ついた本当の理由に気づかないのだ。磨夢は昌運と同じ弱い人間だから、その思いがわかる。

おそらく昌運は秘密の告白にショックを受けたのではない。

「伊織さんは、本当に……弟子にしたくない……人、ですね」

力なく見つめると、鉄仮面にヒビが入るように伊織の眉間に皺が寄った。

「なんですか、いきなり」

「昌運さんの気持ち、……わからないでしょう、伊織さんには」

「磨夢にはわかると?」

伊織とわかり合えそうにないことに磨夢の心は打ちひしがれていた。

「……はい。たぶん、昌運さんは、伊織さんが思っているより、……伊織さんのことが好きです」

「どういうことです?」

磨夢を睨む怪訝そうな伊織の顔が悲しい。

「伊織さんに、秘密を……告白されたのが……嫌だったんじゃない、です」

寒くもないのに体が震え、歯がガチガチと鳴った。

「ですが、磨夢は、秘密の告白からは逃げたいと言いましたよね? 叔父だって……」

「に、逃げますよ、僕みたいな弱虫は！　だ、だから、……逃げなくていいように、秘密になっちゃう前に、……言ってほしかったんです」

「秘密に、なる前……？」

伊織の瞳が答えを探すように揺れる。磨夢の視界は水のレンズでじわじわと曇っていく。水に沈むように伊織の美しい顔が輪郭を失う。

「昌運さんは伊織さんに秘密を作られたのが、悲しかったんです。伊織さんは、……昌運さんを、尊敬してるって言いながら、……信じてない。昌運さんのことを、嫉妬に耐えられない弱虫だって見下してるから！」

「見下すなんて、そんなつもりはないです」

伊織の声は少し怒っているように聞こえた。磨夢は嗚咽《おえつ》交じりの涙声を絞り出す。

「じゃ、じゃあ、さ、最初から……変な気を遣わないで、言えば……よかったんですよ……ブランさんが、自分の仏像を気に入ってくれたから、うれしいって。……昌運さんが、嫉妬して、ダメになるなんて……決めつけないで……」

「それは――」

「わかるんです、僕も同じような経験があるから……。秘密になんかしないで、早く言ってくれればよかったのに……我慢しないで……ひとりで、耐えようとしないで……」

そうしたら、僕は、逃げずにすんだかもしれないのに。

磨夢の顔から涙と鼻水がボタボタと流れ落ちて、伊織は困惑気味に箱ティッシュを磨夢の前に差し出した。


泣いた後、伊織との間に微妙な隔意《かくい》が生まれ、目を合わせることもできていない。磨夢はギクシャクした雰囲気の中、伊織が昼食の支度をする音を聞いていた。

伊織が用意してくれたのはスパゲティナポリタン。一男もよく作ってくれたメニューなのに、まったく別のものに思えた。何が違うのか、コクがあってまろやかでおいしい。だが、磨夢は一男が作った酸味が強い素朴なナポリタンが食べたくなった。

食器の片付けをしたらしばらく自由に過ごしていいと言われ、磨夢は手のひら地蔵作りの続きをすることにした。伊織は奥の作業机で例の鞘仏の蓮華の台座に彫刻刀を当てている。そこから離れたところに折り畳みの机を出して伊織に背を向けるようにして座った。

木を削ると、彫刻刀の刃先からサクサクと伝わる振動が心を落ち着かせる。冷静になると、子供のように泣きじゃくったことが急激に恥ずかしくなってきた。その思いを振り払って彫り進め、伊織が青色鉛筆で印を付けてくれていた部分を削ぎ落としていく。

青い印をすべて削ったとき、材木の形がぼんやりと地蔵の姿に変化していた。

仏様だ……。

手の中の仏に感動している麿夢の上に、ふと影が落ちた。視線を上げると、いつの間にか正面に伊織が立っていた。伊織は無言で麿夢の机の向かい側に座り、作務衣のポケットから材木を取り出した。麿夢が使っているのと同じ大きさの手のひらサイズのものだ。青色鉛筆で中心を記す線だけ引いて、麿夢の前に転がっていた彫刻刀を取り上げる。刃先が平たい平刀だ。それを握るように持って鑿《のみ》のように使い、大胆に木材を削っていく。あっという間に、地蔵のシルエットが現れた。手品のように鮮やかに。

伊織は自分の地蔵を机に置き、「貸してごらん」と麿夢の地蔵に手を差し向けた。彫ってくれるという意味だろうか。麿夢は躊躇した。自分の地蔵は最後まで自分ひとりで彫りあげたかったのだ。伊織は麿夢の考えを察したらしく、彫刻刀を青色鉛筆に持ち替えて、再び手を差し出す。麿夢はその手におずおずと自分の地蔵を載せた。すると、伊織は麿夢の地蔵に新たな青色鉛筆の印をつけた。次はその部分を彫れという意味だろう。

麿夢が拙い彫刻刀遣いで彫っている間に、向かいの伊織は飴細工でもしているかのように素早く、彫刻刀を操って地蔵の姿を整えていく。そして、また麿夢が印を削り終えると、伊織は麿夢の地蔵に新たな印を付ける。その作業を繰り返すうちに、麿夢の地蔵

は より輪郭を濃くしていった。

西小路が訪ねてきたのは、磨夢が手のひら地蔵に衣の線を彫りこんでいるときだった。

「午前中は申し訳なかった」

作業場に正座をした西小路は頭を床に擦り付ける勢いで腰を折った。向かい合う伊織の前には、西小路が持参した菓子折りが置かれている。

身の置き場に迷った磨夢は、伊織より二歩ほど後ろに下がったところに正座した。

西小路は、怒りに任せて飛び出したものの、あの喧嘩は百パーセント自分が悪かったとすぐさま反省したという。

「私の方は、工房のフローリングに傷が付いたくらいですので」

と、あてこすりを言う伊織に、西小路は再度大袈裟に頭を下げた。伊織は小さくため息を吐いて、西小路に問うた。

「小川さんとは和解できたんですか？」

「それが……謝ろうと思って家に行ったんだけど、引っ越ししてて、会えなくて」

「引っ越し、ですか」

「家を売ってしまったみたいで。解体工事の知らせが門扉に貼ってあった。電話も解約したのか、繋がらないし、心配になっちゃって。小川君、もう教室に来ないかも」

伊織は棚の上に並んだ四体の地蔵菩薩像に目を向けた。

「しかし、小川さんは、作品展用の仏像をここに置いていますよ」

「仏像を置く場所に困ったからじゃないかな……。身辺整理してるのかも。どうしよう、死んじゃったりしたら……僕が悪いんだ、家族がいなくて気楽だなんて言ったから」

麿夢はにわかに緊張した。青白い顔をした小川が死に場所を探す姿は容易《たやす》く想像できる。顔を両手で覆う西小路を眺め、伊織は腕組みして首を捻った。

「彼は初めて会ったときから何か悩んでいるように見えましたが、何か話を聞いていませんでしたか？」

「いや、何も。だけど、……たしかに小川君は退院後に急におとなしくなった」

「退院後に？　それまではもっと活発な人だったんですか」

「そりゃあ、もう。六年前に病院で会った頃は潑剌《はつらつ》としててかっこよかった。独身を謳《おう》歌《か》してるって感じで。癌のステージが僕ほど深刻じゃなかったし、病気になんて見えなかった。退院したらまた海外旅行に行きたいって話してて……。そうそう、昌運先生がパリで個展やったことがあったでしょ？　あのとき、小川君もちょうどパリにいたんだって。その旅行から帰ってから病気が発覚したって言ってたっけ」

西小路が昌運の彫刻教室に通っていると話すと、小川がその仏師の個展を偶然パリで見たと言ったらしい。

「小川君が、千手観音像が素晴らしかったって褒めるから、『それ、昌運先生のお弟子さんの彫ったもんだよ』って教えたの。退院したら、一緒に彫刻しないかって誘ったんだけど、そのときは彫る方は興味がないって断られてね」

麿夢と伊織は無意識に目を合わせ、どちらともなく逸らした。その不自然な動きに西小路が不思議そうに見やる。

「どうかしたの？」

「いえ、偶然、先ほど麿夢にパリの個展の話をしたものですから」と、伊織が答えるのを麿夢は俯いて聞いていた。

「ああ、そうなの」。西小路はさらりと受け流し、「昌運先生が入院した後、突然、小川君から電話があって、三玉伊織という仏師に会いたいって……。あのときから何か悩んでたのかな。六観音が彫りたいなんて言いだしたんだ。初心者は手のひら地蔵から始めるから、せめて六地蔵にしなよって言ったんだよ」

六道を巡る地蔵菩薩を六地蔵と呼ぶが、六観音は六尊の観音菩薩がそれぞれ六道に担当する世界を持って救済に当たっているという。腕や顔が多い観音菩薩像は、当然初心者が彫るのは難しい。

伊織は納得した顔で頷く。

「それで、小川さんは六地蔵を彫ることにしたんですね」

「言っちゃなんだけど、小川君、彫るのは下手だし、遅いから、六地蔵がちょうどよかったでしょ？　ほら、三年かかって、まだあの小さい地蔵さんが四つしか彫れてない。結局、今度の作品展には六地蔵は間に合わないって残念そうに言ってた」

小川の悩みとは、――餓鬼道へ落ちると怯えるほどの苦悩とは何なのか。

伊織は、今思いついたという調子で膝を打った。

「あと二体、私たちが今彫っている地蔵菩薩を足して、六地蔵として個展に出しますよ」

部屋の隅に寄せた長机の上に、磨夢と伊織が先ほどまで彫っていた未完成の地蔵菩薩が載っている。西小路はそちらに目を向け、明るい声で言った。

「ああ、磨夢君と、伊織先生の作品と一緒に？　それはいい。きっと小川君も喜ぶ……と思うけど、大丈夫なのかな……今、何してるんだろ……」

自死の可能性を考えて、またしても磨夢は落ち着かなくなった。

「無事を祈っておくしかありませんね」

小川の地蔵菩薩像に向けた伊織の視線と磨夢の視線がまたぶつかって、なんとなく気まずくなる。西小路が磨夢と伊織の間に目を走らせ、首を傾げる。

「喧嘩でもしたの？　ふたりとも午前中に見たときよりよそよそしいね。まあ、……喧嘩してもいいけど、すぐに仲直りしておきなよ。僕みたいに後悔することになるから。……はあ、ほんと、小川君どこ行っちゃったんだろう」

西小路は肩を落として帰っていった。

結局、次の週の彫刻教室に小川は姿を見せず、彫刻教室の作品展の当日を迎えた。麿夢と伊織もあれから、ぎこちないまま二週間を過ごした。

作品展は祇園のギャラリーで開かれる。八坂神社から清水寺の方へ向かう道沿いなので、まずまずの集客数を見込めそうだ。午前八時、麿夢と伊織は工房の生徒の作品を運び込んだ。カフェの教室の生徒の作品は、すでに足立が生徒たちと搬入していた。

「伊織、配置を確認して」

足立が、間口の細い鰻の寝床のような会場の奥の方を振り返って言った。伊織は芳名帳を入り口近くの受付台に置いて頷く。

「ありがとう、足立。助かります」

「いや、まあ、うちの店の宣伝にもなるし。……お前が案内係をすればもっと人が集まると思うけど、しょうがないな」

ギャラリーではカフェの教室の生徒が交代でアテンドを担当することになっている。足立は麿夢をチラリと見やり、おどけた調子で付け加えた。

「ひきこもりの保護猫も接客的なことは無理そうだしな」

「す、すいません……」

この狭い空間に人が押し寄せたら、息苦しくて麿夢は倒れてしまいそうだ。人に触れることを恐れる伊織もそうだろうか。

――しかし。どんなに警戒心が強くても、仏師三玉伊織はもう少し人前に出てもよいのではないだろうか。伊織は顧客を積極的に増やそうとせず、隠れるように工房を開き、ひっそりと活動している。今回の作品展でも主催者である伊織の名前はどこにも記載がなかった。

伊織の彫刻は人を惹きつける。彫っている本人の美しさも知られれば、メディアだって放っておかないはずだ。けれど、本人はそういう売り方を一切望んでいない。もったいないな。と、思いながら、伊織のすらりとしたジャケット姿の背中を、少し離れて目で追った。

工房の生徒の作品は会場の奥にある。一番目立つのは西小路の聖観音菩薩。その隣に由美のぽっちゃり不動明王、一段下の棚に小川と麿夢、そして伊織の合作、六地蔵が飾られている。一体だけが特出して美しい、統一感のない地蔵ユニットだ。

小川は見に来るだろうか。

磨夢は視線をカフェの生徒たちの作品の棚に移した。そちらは仏像よりも猫やフクロウのような動物が多い。スプーンやフォーク、ペンダントトップなど実用的なものも目につく。こんな物も彫れるのか、と発想力を刺激される。

「こういう展示をすると、ひとりで仏像を彫っているだけでは気付けないものにたくさん出会います。教室運営や作品展は正直苦手ですが、他人の作る物に触れる機会は必要だと感じますね」

磨夢が思っていたことを伊織が同じタイミングで呟いた。そのとき、背後で足立の声が響いた。

「あ、こらこら、隠し撮り禁止だよ」

若い女性が伊織に向けたスマホを足立の手でブロックされていた。

「ちょっとくらい、いいじゃないですか。別に隠してたわけじゃないし」

「いやいや、勝手に他人の写真撮るのはマナー違反でしょ」

「じゃあ、聞けばいい？　伊織先生ぇ、撮っていいですか？」

女性は足立を避けて伊織に上目遣いで視線を送る。

困ったような笑顔を作る伊織の目は全く笑っていない。

「すみません、写真は苦手なので、お断りしています」

「えー。先生のこと友達に見せたいんですよぉ。滅茶苦茶かっこいいって言っても、証拠見せてって言われちゃうから……」

女性の周りの友人たちも同意して激しく頷いている。

「お願い、先生、一回だけ」

仲間の援護を受けて、女性が甘えた声を出した。そのままさらに食い下がろうと伊織の方に近づく。磨夢は反射的に一歩足を踏み出して女性と伊織の間に立った。なぜか空手黒帯のこの男を、守らないと、と思ってしまったのだ。が。磨夢の背の高さでは伊織を隠すことはできない。女性は構わず磨夢の頭の上にスマホを向ける。焦って振り返ると、伊織の硬い視線が女性を見下ろしていた。女性は伊織の強い拒絶を感じ取ったようで、ゆるゆるとスマホを下ろしてバッグにしまった。

足立がやれやれと首を回して磨夢に目配せする。

以前言われた「伊織を頼む」という足立の言葉は、こういう場面を想定してのことだろうか。伊織のように人目を引く容姿だと、こんな状況はままあることに違いない。

今の時代、一枚の画像が拡散する範囲は無限だ。それがどんな影響を与えるか計り知れない。伊織が遭った相当怖い経験がそこに繋がるとしたら――。美形は苦労が多そうだ。

ギャラリーのオープン前に、「西小路さんの奥さんに声掛けしてみましょうか」と伊織が言った。

車を二十分ほど走らせて訪れたのは、ショッピングモールの近くにある築十年くらいの八階建てのマンション。西小路を追い出して、妻がひとりで暮らしているらしい。

麿夢は無言で伊織とエレベーターの箱に収まり最上階のボタンを押した。

伊織と麿夢が降りると、すぐにまたエレベーターは下の階へ下りて行った。右手にまっすぐ延びる廊下の先に人影がある。

「あ、小川さん」

麿夢が名を呼んだとき、小川はまさに突き当たりの部屋の玄関のベルを押したところだった。右の人差し指が壁を指している。青白い顔はまたさらに痩せたように見えた。

「い、伊織先生、麿夢君……どうしてここへ？」

「西小路さんの奥様を作品展にお誘いしようと思いまして。小川さんも、ですか？」

伊織は小川に向かってすたすたと歩いていく。麿夢はその後を小走りで追いかけた。

伊織と麿夢が西小路家のドアの前に立ったのとほぼ同時に、ドアが開いた。

「小川さん、おひさしぶり……と……あら、やだ！　伊織先生！」

顔を出したのは五十代半ばぐらいの化粧っ気のないつぶらな瞳のマダムだ。伊織を見るなり白い顔を紅潮させて、ドアを押さえるのと反対の手で顔を押さえた。

「やだやだ、私ったらノーメイクで恥ずかしい」

彼女には小川と麿夢は見えていないようだ。恥ずかしいと言いながら指の間から伊織を覗き見ている。伊織は完璧な営業スマイルを貼り付けて礼儀正しく腰を折った。

「突然申し訳ありません。今日は作品展のお誘いに――」

伊織が話し出したとき、

「佳代子《かよこ》ぉおおおお！」

エレベーターの方から雄叫《おたけ》びのような声がした。西小路だ。妻のものであろう、女性の名前を叫んで走ってくる。伊織と麿夢は、西小路の猛烈な勢いに怯んで道を空けた。

佳代子の表情が石造りのように硬くなった。

「あっ、あなたっ」

「佳代子、話を聞いてくれ」

西小路は妻を目掛けて、開いたドアに向かって真っすぐに突っ込む。と、その瞬間、

「何で帰ってくるのよっ」

佳代子がドアを閉めようとした。西小路は今一歩、間に合いそうにない。

「ちょっ、ちょっと待って」

閉じるドアの動きを止めようと、ドアの内側に身を押し込んだのは小川だった。

ゴンッ、ドスッ。頭をドアにぶつける音と床に倒れる音、鈍い音をふたつ連続させて、小川が廊下に転がった。

「きゃあああああ、小川さんっ」

佳代子の悲鳴が廊下に響き渡った。


磨夢と伊織はリビングダイニングの四人掛けテーブルに通され、並んで座っていた。

小川は大型テレビに面して置かれた茶色の革ソファに寝かされている。本人は大丈夫だと言うのに、西小路が体を起こすことを許さなかった。濡れタオルを運んで甲斐甲斐しく小川の側頭部の腫れを冷やしている。

「小川君、痛む？　吐き気とか、ないかな？」

「あ、もう、大丈夫です。ちょっとびっくりしちゃっただけで」

「本当にごめんなさい」

ソファの前のローテーブルにお茶を運んだ佳代子が肩をすぼめて小川に謝罪した。

「謝らないでください、奥さん。僕が悪いんです。急に飛び込んだりして」

「いや、小川君、止めてくれてありがとう。あのまま閉められたら僕は――」

「卑怯ね、あなた。小川さんを使って、……伊織先生とお弟子さんまで呼ぶなんて！」

佳代子が思い出したように西小路を睨む。

「違うよ、僕は」「違うんです、奥さん」と西小路と小川が反論する声に、「違いますよ」と伊織の声が被った。

「麿夢は弟子ではありません。何といいますか、私の飼い猫みたいなものです」

待て、待て、その言い方はあまりよろしくないのでは？　と麿夢が眉を顰めた矢先、

「「え」」――いや、正確には「え」に濁点が付いたような一語が、西小路夫妻の口から飛び出した。

「ああ、そうなんですね」

小川がソファから上体を起こし、夫妻は互いに丸くした目を見合わせた。彼らにどういう解釈がなされたのかは聞きたくない。三人は、突然「そうか、そうか」と和やかに頷き合って、奇妙な連帯感を生みだした。絶対に勘違いされている。だが、伊織は否定もせずに涼しい顔だ。「いや、ちょっと」と、動転する麿夢が全く目に入っていない。

小川は、しみじみと感じ入った様子で、とつとつと語り始めた。

「やっぱり傍にいてくれる人がいるのはいいですね。……入院中、西小路さんの奥さんが毎日欠かさずお見舞いに来るのは、本当に羨ましかったです。僕はずっと、ひとりで好き勝手楽しくやっていましたし、結婚に憧れたこともなかった。だから、自分がそんな気持ちになるのが不思議でした」

西小路が余命宣告を受けていると聞いて、小川は心から気の毒に思ったという。大事な家族を残して逝くのは無念だろうな、と。だが、同時に嫉妬心も育っていた。

「僕の癌はステージも低くて深刻な状況でもなかったのに、術後の経過はよくなかったんです。体調が悪くて仕事を続けられなくなりました。たくさんあった趣味にも目が向かず、自分の人生には何もないような虚無感だけが募りました。人生観が変わってしまった。寂しくて、眠れない日が続いて。鬱っぽくなっていたんだと思います」

「小川君……ごめん……。元気がないとは思っていたけど、そんなに大変だったなんて思わなくて、僕は……」

西小路が小川の足元に膝をついた。

「いや、僕の方こそ、西小路さんが寛解したって聞いたとき、正直、ずるいと思ってしまいました。結局、西小路さんは救われる人なんだと、羨ましくて。でも、西小路さんが苦しめばいいなんて思ったわけじゃない……奥さんも、そうでしょう？　怒っているけど、いなくなってほしいわけじゃないですよね」

「あ、当たり前です。そんなこと、思っていません」

「……佳代子」

佳代子は、目を輝かせた西小路を、「何よ」と睨んで、

「小川さん、もしかして、私たちにこの話をするためにうちに来てくださったの？」

と、西小路と同じように小川の傍に立膝をついた。夫婦に囲まれた小川は参ったなという顔をした。

「僕は……今さら何をやってもいい人間にはなれません。もう、手遅れなんです。それでも何か、少しでも僕がいて良かったと言ってもらえることができれば、と思いまして。……実は僕、先月の検診で引っ掛かって、また精密検査することになったんです」

西小路夫妻がそろって息を呑み、場の空気が冷えた。そこに伊織が非情に切り込んだ。

「それで六地蔵を彫るのが『間に合わなかった』と言ったんですね。もうすぐ餓鬼道に落ちると。ですが、友人の夫婦喧嘩を止めたくらいでは救いは得られませんよ」

慌てたのは磨夢と西小路だ。

「い、伊織さん、なんてことを……」

「先生、今そんなこと言わなくても……。だ、大丈夫だよ、小川君。余命宣告受けた僕だって、六年も生き延びてるんだから」

西小路が薄っぺらな言葉で小川を励ます。だが、伊織はさらに厳しい口調で尋ねた。

「行先が地獄でなく餓鬼道とおっしゃるのは地獄に落ちるほどの悪人ではないという意味ですか？　それとも六観音と関係が？」

伊織には精密検査の不安を抱えた小川を慮る様子が見られない。磨夢はそんな伊織を怖いと感じた。やはり伊織は心が弱い人とは分かり合えそうにない。小川が唇を震わせるのを見て、西小路が伊織に抗議する。

「ちょっと、先生、やめてくださいよ」

伊織は落ち着き払って言葉を継ぐ。

「秘密を墓場まで持っていくのが正解なのは、自分ひとりが苦を背負うことで誰も傷つけない場合だけです。あなたの隠し事はそれに当たりますか？　仏が見ていると思って答えてください」

小川は落ちくぼんだ暗い目を鈍く光らせた。そして、ソファから滑り落ちるように降りて、西小路夫妻の間に正座した。

「すみません。伊織先生、長萬寺さんの千手観音像を盗んだのは僕です」

「ええっ」と声を上げたのは西小路と磨夢だ。佳代子は思わぬ展開にただ戸惑っている。伊織だけが平然として頷いた。

「やはりそうですか。長萬寺の話題で小川さんの様子が変わったので気になっていました。餓鬼道は千手観音の守護地、そして、他人の物を奪った者が落ちる世界ですね」

小川は床に手をつき伊織に向かって頭を下げた。伊織を仏と間違えているかのように。

「沈んだ気持ちを紛らわすため、お寺巡りに出掛けました。手の届くところにあった千手観音像を、縋るような気持ちで握り締めて……持って帰ってきてしまいました。それからは、伊織先生がご想像の通り、地獄の日々でした。救われるどころか毎日怖くて。どこに置いても千手観音が見ているような気がして。後ろを向けても、暴悪大笑面《ぼうあくだいしょうめん》があるし」

「ぼう、あく……？」

磨夢が聞き取れなかった言葉を伊織が引き取って解説する。

「暴悪大笑面。暴悪は乱暴な悪、大きく笑うで大笑、の面。千手観音や十一面観音の後頭部にある顔のことですよ。悪に対する、怒りを通り越した笑いを表しています。人は通常、仏の後ろ姿を見ることはありません。ですから、人に見せない仏の顔、見てはいけないものを、見てしまったということですね」

小川は蚊の鳴くような声で「はい」と返事して、さらに頭を低くした。伊織は瞬《まばた》きをせず小川を見つめている。

「私のところに来たのは、私が千手観音像を長萬寺さんに奉納したからですね」

「……そうです。一度、仏像を返そうと、勇気を出してお寺へ行きました。するとすでに新しい千手観音があったんです。僕はそれがパリで見たものだと……すぐにわかりました。仏の恐ろしさと優しさが心に迫るような存在感……忘れられません」

現在の長萬寺は、盗難防止のため、参拝希望者があるときだけ本堂と仏堂の鍵を開ける。仏像をこっそり返せる状況ではない。住職が丁寧に対応してくれたうえ、新しい千手観音像に心を揺さぶられ、小川は自分が仏像を盗んだとはとても言い出せなかった。

「それで、伊織先生に会って千手観音像を盗ってしまったことを相談しようと……」

「ならば、なぜ、言ってくれなかったんですか？」

伊織の声には厳しさの中に悲しげな響きがあった。磨夢は少し驚いて伊織の横顔を見た。答える小川は怯えたようなかすれ声だ。

「先生は、ご自身が彫られる仏像と同じ気配がします。――穏やかそうでいて、とても厳しい……僕はどうしても、尻込みしてしまって……」

「言ったら、私が叱責すると？」

黙って目を伏せた小川を一瞥し、伊織は小さく息を吐いた。

「私が力になるとは、思ってもらえなかったということですか。なるほど……先回りして遠慮されるのは、寂しいものですね」

呟きと共に、伊織の流し目が一瞬磨夢を窺った。磨夢はハッとして見返したが、すでに伊織の視線は小川に戻っていた。

「小川さんは、仏師を辞めようと思っていた私を止めてくれました。私の仏像に導かれてここへ来たと。そんな力のある仏を生み出せるのだから、やめるべきではないと、言ってくれました。私はあなたの言葉に動かされ、工房を持ち、教室を開くことにしました。あれが方便だったとしても、感謝しています」

「い、伊織先生に仏像彫刻を習いたいと思ったのは本当です。真実を話そうと思いながら……先生をがっかりさせたくないという思いも強くなって……。言えない苦しみに限界を感じていたときに、西小路さんが奥さんに秘密の暴露をした話を……」

「え、ちょっと、小川君、その話、今必要かな……」

しどろもどろに口を出す西小路に、「黙ってなさい」と佳代子が一喝した。小川は西小路夫妻の方を見なかった。ただ、伊織だけを真っすぐに見て訴えた。

「簡単に罪を告白して、許しを乞おうとする西小路さんが妬ましかったんです。彼の過ちは奥さんさえ許してくれれば済むこと。奥さんは必ずいつか許してくれるでしょう。毎日のようにご主人の見舞いに来ていた人ですから。……片や僕の罪は窃盗《せっとう》です。罪の重さと質が全く違う。……僕は仏の手に縋ろうとしただけなのに……、けして、盗るつもりなど……なぜ僕ばかりがこんな……」

「小川さんの気持ちはわかりました。苦しかったでしょう。ですが、不幸を呪い、嘆くのは後です。あなたがこれ以上苦しまないためにも」

「先生……も、申し訳ありません」

小川の潤んだ瞳に見つめられ、伊織は目を細めた。

「暴悪大笑面に怯えながらもずっと千手観音像を持っていたのでしょう？　今からでも遅くありません。長萬寺さんに返しに行きましょう。ご自宅にありますよね？」

「え、ええ……、い、以前住んでいた家に……」

唐突に西小路が小川の肩を摑んだ。

「なっ、何だって！　だ、ダメだよ、小川君！　あ、あそこ、解体作業が始まってるよ」

「えっ、リフォームしてそのまま使うって聞いていましたけど……変更したんだ……」

小川が口先でぼそぼそ言っている間に、伊織は椅子から腰を上げた。

「行きましょう、小川さん」

磨夢が伊織を追って立ち上がると、伊織は廊下に走り出しながら叫んだ。

「車を回してきます！　磨夢、小川さんを連れてきてください」

「え……あ……は、はい」

久しぶりに伊織に名前を呼ばれ、磨夢は胸の動悸が高まるのを感じた。

振り返って見れば、小川は脱力してソファに沈み、西小路に腕を引っ張られている。

「小川君、早く行かないと！」

「き、きっと、もう、遅いですよ、今さら、僕が行ったって……」

「何言ってるの、君が行かなきゃ、仏様が」

「僕が……盗んだ時点で、千手観音はお怒りだから――。も、もう僕は死ぬし」

――そんな無責任な。腹の奥底が熱くなる。磨夢は大股で歩いて小川の前に立った。

「千手観音がお怒りだから……お、怒られるのが怖いから見捨てるんですか？　もうすぐ、死ぬなら……いいんですか？　人生の最期に、そんなかっこ悪いこと言って……」

「い、いいんだ、僕はどうせ……」

「僕は、嫌です。もう、後悔を……増やしたくない」

小川の腕を取り、肩に担ぐようにして引っ張る。西小路も小川の腰を支えてくれた。

「小川君、行こう。行かなきゃダメだ」

「頑張って、小川さん」と佳代子が声を掛ける。

「ううううう」

小川は呻き声を上げ、磨夢と西小路に支えられながら自分の足で歩き始めた。

マンションのエントランスを出ると、伊織が前の道に車を停めて待っていた。

いつもは畳んであるリアシートが起こしてある。そこに小川と西小路を押し込んで、磨夢は助手席に飛び乗った。

西小路の案内で車を走らせたのは十分弱。その間、小川は護送される囚人のように俯いて身を硬くしていた。


隣の家との境を防塵シートで囲われた木造二階建ての家は、すでにガラスサッシが取り外された状態だった。重機が家の脇にスタンバイしていて、室内には作業員の動く姿が見える。

「おい、おい、何だ、アンタたちは。危ないから近寄るな」

ヘルメットに作業着姿の厳《いか》めしい顔をした中年男性が、伊織と磨夢の前に両手を広げて立ちはだかった。

「ここに住んでいた人が、中に忘れ物をしまして。取りに行かせていただきたいんです」

伊織が外にいる作業員に向かって両手を合わせてお願いします、のポーズをして見せた。規格外の美形は万能だ。男女問わずその美貌にほだされる。作業員の男性は、仕方がないなと頭を掻いて応じてくれた。

「何もなかったように思ったけど、どこに忘れたんだ？」

伊織と麿夢、そして西小路が一斉に小川に視線を集中させた。動揺した小川はあわあわと唇を動かすばかりでなかなか発声しない。

二階の部屋でバキバキとベニヤ板が割れるような音が響いて、緊張感が走った。急がなければ仏像が瓦礫《がれき》の一部になってしまう。

そのとき、伊織がパキンッと指の関節を鳴らした。空気が凍る音が聞こえるとしたら、きっとそんな音だと思う。

「いい加減にしてください、小川さん。仏の顔も限界ですよ」

美貌の仏が夜叉のごとく冷徹な顔を現し、抉るような尖った目で小川を睨《ね》めつける。そこいらの幽霊画など目じゃないくらい、怖い。

「どこにあるんです？」

伊織に凄まれて、小川は震える人差し指を上へ向けた。

「に、二階です。二階の、押し入れの、天井裏に」

小川が蚊の鳴くような弱々しい声で説明したとき、一階の部屋の壁が崩された。埃が舞い上がって景色が濁った。

外にいる作業員が、慌てて室内の作業員たちに向かって叫んだ。

「おーい、ちょっと、作業を止めてやって」

その声を聞くや否や、伊織がタートルネックをグッと引き伸ばして口まで覆い、一階の部屋の中へ飛び込んだ。

「失礼します！」

暦夢はパーカーのフードを被って絞り、ほぼ目だけが出る状態にして、伊織に続いた。

室内の作業員たちはジャケット姿の伊織の乱入に驚いて手を止めた。

崩れた壁材の散った廊下と階段を駆けて、壁紙が剥がされてベニヤ板がむき出しになった二階の和室に入る。押し入れは襖が外され、上下を仕切る中板も割れていた。伊織の身長でも押し入れの天井までは届きそうにない。伊織は大きく息を吐き、暦夢を見下ろした。

「暦夢、肩車、いけますか？」

「え？　伊織さんを？」

「そんなわけないでしょう。私が君を担ぐんですよ」

言うが早いか、伊織は磨夢の股に首を入れて担ぎ上げた。人に触れるのが苦手な伊織には苦痛だろう。身震いが伝わってくる。伊織の足元がふらついて、磨夢が押し入れの入り口に激突しそうになった。思わず伊織の頭を両手で摑み柔らかな髪に触れる。

「だ、大丈夫ですか、伊織さん」

返事はなく、代わりに伊織の大きな手が磨夢の膝をがっちりと押さえた。体が安定して揺れなくなった。伊織は改めて押し入れに近づく。

「磨夢どうですか？　天井裏は見えますか？」

磨夢は顔を上に向けた。

「あ、はい。伊織さん、もう一歩だけ押し入れの中に入れますか？」

「了解」

押し入れの天井は、押し上げると開く浮き板になっていた。その中に顔を入れると、暗がりの中に仏像らしき塊の影がぼんやり見えた。手探りで仏の脚と思われる部分を握り、明るいところに引っ張り出した。ヒッ、と一瞬、呼吸を止めたのは、千手観音の後頭部の大口を開けて笑うご尊顔と目が合ってしまったからだ。

長萬寺のご本尊開眼供養は磨夢が思っていたより盛大で、五十人を超す檀家が集まった。黒い法衣の上に金色の輝く袈裟を重ねた住職が、朗々とお経をあげた後、清めの水を散らす儀式が粛々と執り行われた。

「これで安心してご本尊をお祀りできます」

檀家衆が帰って静かになった本堂で、住職は感慨深げに須弥壇を見上げた。伊織と麿夢は住職より少し下がったところに並んで立っていた。住職の剃髪した頭越しに、伊織の鞘仏が凛とした顔を覗かせている。

伊織は仏師の気持ちが籠もった鞘仏の表情を変更していなかった。胎内に安置されたご本尊を守っていると思えば、ただ優しいばかりではなく、厳しさも兼ね備えた今の表情が正解だと感じる。

「工房にあったときとは全く違うものに見えますね。急に遠くに行ってしまったみたい」

麿夢が少々感傷的な気持ちで零すと、伊織がピシャリと言った。

「ものではなく、仏になったのですよ」

「ああ、そうでした。……御霊が、入ったんですね」

住職は伊織と麿夢のやり取りを微笑みながら見やり、袂から小さな御札のようなものを取り出した。

「こちら、癌封じの御祈禱をさせていただいた御守りです。件《くだん》の方にお渡しください」

件の方とは千手観音像を盗んだ小川である。小川は精密検査でごく小さな腫瘍が見つかり近々入院することになっている。幸い簡単な手術で取り除けるもののようで、医者に心配はいらないと言われたそうだ。しかし、自分で仏像を返しに来る勇気が今はないと言い、今日は姿を見せていない。

小川は救出された千手観音像に触れることはおろか、まともに見ることさえできずに震えていた。夢の中で千本の腕に散々追いかけ回されてきて、もう同じ場所にいることも耐えられないらしい。自業自得だが、やはり少し気の毒な気がする。

住職はにこやかな笑みを浮かべて、安堵した口調で言った。

「千手観音像を売却せずにいてくれて本当に良かったです。お寺に戻ってくださったのですから、きっと仏様も許してくださっています。しかし、縋る気持ちで手を伸ばしたのに、いっそう苦しむことになったのはかわいそうなことでしたね」

盗難された仏像が寺に戻るのは、まれなことらしい。住職は無傷で戻った千手観音を伊織から渡されたとき、涙を流していた。その瞬間に、持ち帰った犯人を恨む気持ちもなくなったと言って。

「仏堂もご覧になっていってください」と住職に案内され、本堂の隣の建物に上がった。

そこには古い小仏像がいくつも祀られていて、一番奥の正面に千手観音像が二体並んでいた。伊織の千手観音像は古いものより大きく、写真で見るより迫力がある。木肌の色が人の肌のようで、たくさんある腕が今にも動き出しそうだ。一方、古い千手観音像には時を重ねた重厚感があり独特なオーラを纏っている。二尊なら腕は二千本。たくさんの人の願いに対応できそうだ。

住職がふたつの千手観音像に手を合わせた。

「伊織さんの千手観音は若さが漲《みなぎ》っていて力がありますね。彫り手のあなたの美しさが滲み出ている。あなたの師匠の昌運さんがいらしたときに……」

「叔父が、来たのですか？」

「ええ。あなたが千手観音像を届けてくれたすぐ後に。とても褒めていましたよ、あなたのことを。歴史ある仏像に負けない存在感がある、よい仏様を彫ると。なかなか本人に直接言ってやれないからと、照れ臭そうに仏様に向かっておっしゃってましたよ」

伊織は息を吸い込んだまましばらく静止していた。その後、「そうですか」と言いながら目を伏せて、ほころぶ口元を手の甲で押さえた。ほんのりと色づいた頬が、いつもよりも伊織を幼く見せる。

その顔を見て、麿夢は気づいた。伊織は、昌運を見下していたのではないと。

住職に見送られ帰路につく。

バックミラーに映る住職が見えなくなると、磨夢はハンドルを握る伊織に頭を下げた。

「伊織さん、……ごめんなさい。あの……僕は」

伊織は突然謝り始めた磨夢に少々面食らった顔をした。だが、磨夢は逡巡《しゅんじゅん》して言い出しにくくなる前に、間違いに気づいたことを伊織には伝えておきたかった。

「伊織さんが、昌運さんのこと……見下してる、なんて言って……違うんですね」

上目づかいで見ると、伊織は目を眇めて磨夢を見返した。

「バレましたか。子供みたいで、言いたくなかったんですが、……私はただ、師匠である叔父に、認めてほしかった……嫌われたくなかったんですよ」

伊織は昌運を尊敬していたからこそ、弟子と師匠の関係を崩したくなかったのだ。伊織の成長を昌運の脅威にしたくなかった。気を遣い過ぎて、腫れ物に触るような扱いになってしまったのだろう。

「磨夢の言う通り、私がもっと叔父を信頼すればよかったんです。嫉妬心が強いと決めつけずに。……磨夢に秘密を作った相手もきっと同じですよ。言えずにいたのは、ただ磨夢に嫌われたくなかったからだと思います」

人は弱いから秘密ができる。優しさをこじらせて言い出せなくなる。そんな秘密を聞くために、仏は仏像の形で姿を現すのかもしれない。

無数の人の声に耳を傾けるため無数の仏が待機している。その仏を見つけ、顕現させていくのが仏師だ。彼らは目で見える形で仏と人を繋ぐために仏を彫るのだろう。ときには自らの秘密を吐露しながら。

……　第三章　不動明王が見ていた　……

磨夢が伊織の工房で雑用係を始めてもうすぐひと月になる。その間に一気に季節が進んだ。山々が鮮やかな紅葉に彩られ、工房周辺の景色はすっかり変化していた。紅葉狩りの客を運ぶ観光バスが連なって坂道を登っていく。

磨夢はバスの群れに逆行して坂を下って歩いていた。作務衣の上に黒いナイロンの上着を羽織って、右手に小口の現金が入った信玄袋を下げている。工房から徒歩二十五分の薬局へ絆創膏《ばんそうこう》を買いに行く途中だ。店に着くのはちょうど開店時間の十時頃だろう。

うっかり彫刻刀で指を切ってしまった。左手の人差し指。大した傷ではないが、思ったより血が出た。伊織の作業を止めるのは忍びなく、しばらく傷口を舐めて止血を試みたが治まらない。血の味に吐き気を覚え、指を咥えたまま「絆創膏はありますか」と伊織に尋ねたのだ。

伊織はいつになく慌てた様子で救急箱を出してくれたが、絆創膏の箱は空だった。その代わりに伊織が簞笥から引っ張り出したのは反物状のサラシ布だ。どうやら伊織は血が苦手らしい。「傷は深いですか」と傷口から目を逸らした。「いいえ」と答えたのに、伊織はサラシをハンドタオルくらいの大きさに切って細長く折りたたみ、磨夢の指にぐるぐると巻きつけた。おかげで磨夢の左の人差し指は異常に太くなっている。薬局の店員はこの大袈裟な処置を見て、どれほどの深手かと思うだろう。

工房での磨夢の仕事は、主に毎食後の後片付けと作業終了後の掃除、彫刻教室の準備と片付けだ。空き時間は何をしていてもよいと言われているが、だいたい伊織の傍らで彫刻をしている。子供の頃から工作が嫌いではなかった。木の香りと木を削る音、木肌の感触も心地いい。何より、ただの材木が仏の姿に変化していく過程に魅了されていた。

今彫っているのは、二体目の手のひら地蔵だ。最初の仏は作品展の後に入院中のヨシ乃にあげた。見舞いに行ったときに見せたら、また「まんまんちゃんあん」を始めたので置いてきたのだ。愛着はあったが、ヨシ乃が素直に喜んでくれたからよしとしよう。

それでもうひとつ同じものを彫ることにした。とんだ血濡れの地蔵になってしまったが。

注意するよう言われていたにもかかわらず、防刃手袋を付け忘れた。完全に磨夢の過失だ。工房でケガなどしたら伊織に迷惑がかかる。ただでさえ役に立たないお荷物なのに、邪魔をしてどうする。磨夢は猫背気味に背を丸めた。

「……今の僕の立場って……なんていうんだろ」

社会的に何の役に立っていなくても、ひきこもっているわけではない。だが、伊織の下で雑用をしているのは修行ではなく、仏像の代金の未払い分を労働で返すためだ。いくら足りないのか、どれだけの期間働けばいいのか、磨夢は知らない。白状すると、伊織に「もう来なくていい」と言われるのが怖くて聞けないのだ。伊織に手を離されたら、磨夢はまた元の生活に戻ってしまうだろう。

ひきこもり生活はけして安楽ではない。絶えず陰鬱な思考に支配され、今も未来も全く見えず、自分を責めてもがいているのだ。工房で雑用や彫刻をしていれば余計なことを考えずにいられる。五年間忘れることができなかった辛い記憶が、薄れていくような気がする。

――消してしまっていいのだろうか、良平のことを――。

ふと思って、心臓が跳ねた。

伊織と話していて、今、良平のことを忘れていたな、と思う瞬間がある。忘れていた、と思い出すのだ。その度に申し訳なく思い、どこかで良平が薄情な磨夢を見ているのではないかと不安になる。楽しむことを躊躇する。明るい未来など夢見てはいけないと思ってしまう。炬燵から出ても、磨夢は何も変わっていない。

途端に足元が覚束《おぼつか》なくなって、首を横に振った。

――今は考えるのをよそう。

さっさと買い物を済ませて帰らなければ伊織が心配する。

車を出そうかと聞かれ、ひとりで行けると断って出てきた。指のケガを気に掛けているのもあるだろうが、どうも伊織の懸念はそれだけではなさそうだった。

出掛ける前、「護身用のお守りは持ちましたか?」と、声を掛けられた。

「……え、ええ、持っています」

麿夢は戸惑いつつ、ジャケットのポケットに入れっぱなしになっていたペン型スタンガンをポケットの上から叩いてみせた。いつぞや伊織からもらったものだ。

「怪しい人について行ってはダメですよ、麿夢」

玄関を出た瞬間に後ろから追いかけてきた声を思い出し、麿夢はひとり呟いた。

「……子供じゃないんだから……あ、違う……子猫、か」

さすがに、明るい時間に近所の薬局へ行く二十二歳の成人男子にかける言葉ではない。からかわれているのかと思ったが、まるきり冗談でもなさそうだった。

伊織の警戒心の強さは承知のことだ。最近になって、その警戒心が麿夢のことにまで及ぶようになっている。

きっかけは、三日前の金曜日のカフェでの彫刻教室だ。授業が終わり、道具の片付けをしていると、生徒のひとりである女子大生が、作品展のレポートを載せたSNSを磨夢に見せてきた。

「磨夢君、ごめんね、展示の片付けのときの写真に、たまたま磨夢君が写っちゃってて」

それまで名前を呼ばれたことはおろか、まともに話したこともなかった相手だ。苗字は平井《ひらい》、だった気がする。磨夢は彼女の距離感の近さに戸惑った。突きつけられたスマホ画面に目を落とすと、偶然にしては鮮明に磨夢の横顔が映りこんでいた。

勝手に写真を撮られることの不快さを、身をもって知った。せめて顔がわからないように画像の加工くらいしてもらいたい。その思いをどう訴えるべきかを思いあぐねている間に、平井はひとりで話を進めていく。

「磨夢君、中高一貫校行ってたんでしょ？　実はね、この写真を見た大学の友達が、磨夢君と同級生だったたって言うの」

覚えてる？　と聞かれた同級生の名前はうろ覚えだった。姿形は全く思い出せない。

「磨夢君って、高二で急に学校辞めちゃったんだってね。どうして？　彼も心配してた。同窓会で磨夢くんのことが話題になるんだって。よかったら、私から彼に磨夢君の連絡先を伝えてあげたいんだけど――」

閉じていた心の蓋を強引にこじ開けられるようだった。ガスが漏れ出るがごとく高校時代の記憶が溢れ出し嘔吐感が胸をつき上げる。久しぶりに起きた眩暈の予兆だ。「どうしたの？」と尋ねる平井の顔が歪んで見えた瞬間、磨夢の体が揺らいだ。突然膝をついてしゃがみ込んだ磨夢に驚いて、周辺の生徒たちがざわめいた。

「やだ、磨夢君、大丈夫？」

平井の歪んだ顔がいっそう迫ってきたとき、遮るように磨夢の眼前に現れたのは濃紺の作務衣だ。伊織は磨夢の腕をとって引き上げ、椅子に座らせてくれた。仏のような穏やかな瞳に見入られ、磨夢の呼吸は落ち着きを取り戻していった。

「何があったんです？」と問う伊織に、平井は悪びれもせず経緯を話した。伊織がSNSから磨夢の写真を削除するよう促すと、平井は「公開は友達の友達までに制限してるんですけど」と言い訳をしながら、もたもたと応じた。伊織は平井がそれを確実に完了するまで片時も目を逸らさずに見ていた。

「磨夢の連絡先を知りたいと、磨夢の同級生が言ったのですか？」

「……いえ、それは」と、伊織の問いに平井は口ごもった。

「言ってないでしょうね。その人が磨夢と話したいと思っていたなら、とっくに磨夢を捜し出していたはずです。雲隠れしていたわけではないですから」

「でも、心配してるみたいだったから、教えてあげたいなって」

「誰かを——仮に、その彼と磨夢を気遣って言っているつもりなら間違いです。そこにはあなたの気持ちしかない。誰かのためにと、良いことをした気になって、自分の欲を満たそうとしているように見えますよ」

「そ、そんな、伊織先生ひどい、私はただ……」

平井が口を結んだ。伊織は目の奥が笑っていない、あの冷ややかな笑顔を浮かべた。

「現に磨夢は気分を悪くしました。あなたの思う優しさに問題があったということです。あなたが大学生のその彼と交流を育みたいなら、他人をネタにするのではなく、あなたの話題で臨むべきだと思いますが、いかがでしょうか」

伊織の柔らかい口調には毒気がたっぷり含まれていた。平井は顔に朱を滲ませた。

おそらく平井はSNSの投稿で、偶然意中の彼と磨夢が同級生であることを知った。彼との接点を見つけて舞い上がったのだろう。

知らないうちに撮られた写真や話された情報が、自分の知らないところで見られ、話題になっているだけでも恐ろしい。それが悪意や私欲に触れ、トラブルや過去のトラウマを引き寄せるようなことになったら……。伊織が警戒するのも理解できる。

おもむろにジャケットのポケットに突っ込んだ右手に、護身用スタンガンが触れた。

——でも、やっぱり、これはちょっと用心し過ぎじゃないか？

薬局から帰ると、伊織が作業場にある固定電話で話をしていた。修復の依頼を受けているようだ。「一度、お預かりして――」と話す声を聞きながら、磨夢は伊織の邪魔にならないように静かに長机の前に座った。彫りかけの手のひら地蔵に付いた血痕は消えていた。伊織が拭いてくれたらしい。

サラシを解くとアカギレのような傷が現れた。真新しいサラシを汚したことに気が咎めるほどの小さな切り傷だ。絆創膏のガーゼ部分に気まずそうに血が滲んだ。

伊織は受話器を置くなり、「傷の具合は？」と振り返った。絆創膏を貼った左手を掲げて見せる。小さなテープで事足りる傷だと認識できたようで、伊織は安堵の表情を浮かべた。そして。「では、出かけましょう」と車の鍵を高く放り投げてキャッチした。

「どこへ、ですか？」

「滋賀のお寺です。不動明王像の目が黒くなったそうです。ミステリーですね」

「不動明王……」

「あ、不動明王を知りませんか？」

「いえ、イメージはできます。鬼みたいな感じ、ですよね」

「鬼」と伊織が片眉を吊り上げた。不動明王の蘊蓄が入ったら長そうだ。磨夢は話の先を促す。

「お寺の不動明王像の目が……汚れたってことですか？」

「わかりません。住職からは、『目が黒くなった』としか聞いていないので」

「そんな昔話、ありましたよね、仏像の目が赤くなる話。どんなオチだっけ……」

黒目を上向けて考えていると、「行きますよ」と伊織にジャケットの袖を引っ張られた。

廊下へ出て、歩きながら伊織が言う。

「似たような話は世界中にあります。あらかた人間が神仏の目を悪戯で赤く塗り、禍《わざわい》が起きるというパターンですが」

「えっ、禍？　こわ……」

麿夢の口角が思いきり下がる。

「大丈夫でしょう、今回は赤じゃなくて黒ですから」

「何が大丈夫なんですか。その禍って、きっと神仏を冒瀆した罰という意味ですよね。……そしたら、色なんて関係ないんじゃないですか？」

「赤は血や怒りのイメージ、なんとなく恐怖感が高まりますから」

「……黒は闇ですよ」

「まあまあ、どんな色も明暗ありますよ、黒野麿夢君。それに、不動明王像の目は、まだ人間が塗ったかどうかもわかりません。以前、マリア像が黒い血の涙を流したなんていう海外の話を聞いたことがあります」

「なっ、人が塗ったんじゃなきゃないで、怖いじゃないですか！」

「今回はどちらでしょうね。さあ、真相を探りに行きましょう、楽しいドライブになりそうです」

そんなこんなで、伊織と共に向かうのは、滋賀県の南西部にある常音院《じょうおんいん》という天台宗の寺だ。道中は伊織の仏教講座となった。

仏教には、阿弥陀如来に祈るだけで極楽浄土に行けるという宗派があるかと思えば、悟りを開くまで輪廻転生で六道世界を生き続けるという宗派もある。宗派ごとに信仰の対象である本尊も異なるのは何となくわかってきた。

伊織が仕事で関わるのは、天台宗と真言宗のお寺が多いそうだ。このふたつは大乗仏教とヒンドゥー教が融合した仏教で、密教と呼ばれる。密教はすべての仏を大日如来の化身と考え、インドの神様を取り入れて仏の守護神とし、怒り顔で人を叱咤する明王を生み出した。つまり、仏が多種多様なので、仏師の仕事も多くなるというわけだ。

常音院は、先代の住職と、伊織の叔父の昌運の師匠の代からの付き合いらしい。目が黒くなった不動明王像は、十二年前に本堂の改築の際に昌運が制作したものだという。

境内の駐車スペースに車を停めると女の人が迎えに出てきた。三十代中頃だろうか。小作りな童顔だが表情は疲れていてアンバランスな印象だ。かっちりとしたジャケット姿が、田舎の集落の景色には少し浮いている気がする。

「住職の河合《かわい》の娘、友美《ともみ》です。お呼び立てして申し訳ありません。父は腰痛がひどくて寝込んでいますので、代わりに私がお話しさせていただきます」

友美は車から降りた伊織に深々と頭を下げた。伊織は平静な態度で挨拶を返したが、磨夢は伊織が初対面の相手に身構える気配を感じていた。

伊織は友美でなく、本堂に視線を向けた。

「ご住職、不動明王像の目を見ようとして脚立から落ちたそうですね」

「そうなんです。……そんなに高いところから落ちたわけじゃないんですけど、腰を打ってしまって。でも、骨には異常ありませんし、じきに良くなると思います」

「大変ですね、ご住職おひとりで暮らされていると以前お聞きして……」

「ええ。でも、私が一昨年離婚して出戻っちゃいまして。今は私が本堂で学習塾をさせてもらいながら、子供たちと一緒に父と暮らしています」

友美が自嘲まじりに言い、伊織は空笑いで応えた。友美がキッチリとした服装をしているのは、先生らしく見える仕事着ということのようだ。

短い沈黙が流れ、友美が唐突に話題を捻り出した。

「伊織さん、イケメンですね。父から聞いてましたけど想像以上です！」

伊織の仮面のような笑顔は、例のごとく目が笑っていない。

伊織と初めて会う人――特に女性は、まず美しさに目を見開く。次の瞬間には、人を寄せ付けないオーラを察し、触れられない彫刻を眺めるようにため息を吐く。

友美も小さく息を漏らした。しかし、彼女のそれは、つれない伊織に対するものではなく、会話が続かない気まずさに対する嘆息のようだ。人間関係に気を遣いすぎる人なのかもしれない。ソワソワと視線を動かして初めて麿夢と目を合わせた。車の陰にいたせいか、それまで麿夢が見えていなかったらしい。麿夢が会釈すると友美は、気まずそうに肩を竦めた。

「あ、すみません……こちらの方は……？」

「ああ、彼は黒野麿夢と言いまして」

「伊織さんの、……助手、みたいな、ものです」

子猫だ、保護猫だと誤解を招くようなことを言われる前に、麿夢は自らの立ち位置を表明した。「どうだ」という態度で麿夢が顎を出して見せると、伊織は声を出して笑った。

友美は伊織の声につられるように頬を緩め、本堂へ案内してくれた。

本堂は十二年前に改築されただけあって新しくて明るい。正面の天井にシャンデリアのような傘状の金の飾りがキラキラと輝く。ご本尊の上に掛かっている飾りを仏天蓋《ぶってんがい》、住職が座る位置に掛かっているものを人天蓋《にんてんがい》というそうだ。インドの強い日差しを避けるため、ブッダに従う神が天蓋を差しかけたという話が元になっているという。

件の不動明王像があるのは、豪華な天蓋がある内陣の左手奥、十畳間程度の畳敷きの空間だ。正面の壁際に高さ五、六十センチほどの台がある。その上に二、三十センチ程度の小さな像が数体並んでいて、列の最奥に高さ百二十センチほどの不動明王が立っていた。炎を象った光背や岩の台座も含めると像全体の高さは二メートル近くありそうだ。

不動明王は磨夢の予想通り、牙をむき出した鬼の形相の仏だ。叱られそうで怖い。

伊織は懐かしそうに顔を綻ばせた。

「十二年前、この像の開眼供養に立ち会いました」

当時の伊織は大学生で、彫刻を始めたばかりだった。昌運はこの不動明王と格闘技でもするような真剣な目で向き合って彫っていたという。魂が入った瞬間は胸が熱くなった。こういう威厳のある大きな像を作りたいと、伊織の目標のひとつになる像だった。

だが。今の不動明王の双眸《そうぼう》は、生気を一切感じさせない、べったりとした黒一色だ。右目の目頭から頬に一筋、灰色の涙の痕のようなものが付いている。

「伊織さん、不動明王……泣いてます？」

「本当ですね。まさに黒い涙を流す不動明王ですよ、麿夢」

「まさか……」

伊織は背伸びして不動明王の目に見入った。麿夢には届かない高さだ。なるほど、住職はこれを見ようとして脚立を使ったのか。友美は不動明王をひどく恐れているようで、あまり近寄らない。そっぽを向くような格好で立っている。

「河合さん、ご住職は御霊抜きしてくださったんですね？」

「え、ええ。済ませてあります。……今日、持ち帰ってくださいますか？」

伊織が問うと、友美は慌てて返事をした。伊織は頷いて、不動明王像の目に右の人差し指でそっと触れた。そのとき、本堂の正面の格子戸が開いて、子供が入ってきた。小学校高学年くらいの女の子がふたりと低学年くらいの男の子だ。

「ママ、世奈《せな》ちゃんと良真《りょうま》君のママが来てる」

走ってきた男の子が友美の腰に抱き着く。本堂入り口に友美と同じくらいか、少し年上の女の人がふたり顔を覗かせていた。

「あ、あら、こんにちは。早く来てくだったんですね、今、お教室の準備をします」

友美がにこやかに言うと、世奈ちゃんのママだか、良真君のママだかが、「違うんです、あの、退会の手続きに……」と申し訳なさそうに目を伏せた。

「えっ、世奈ちゃんと良真君も辞めるの？」

友美の腰にしがみ付いていた男の子が大きな声を出した。ふたりの女の子も驚いた様子で目を見合わせている。友美も一瞬眉尻を下げたが、すぐに笑顔を作り直した。

「わかりました。では、退会手続きの用紙に記入していただけますか」

友美は三人の子供たちに、ここで待っていてと言い置いて、世奈ちゃんと良真君のママたちの方へ走っていった。

残された三人の子供たちは、しばらく不安げに佇んでいた。だが、不動明王像の検分をする伊織と麿夢に注目せずにはいられなかったようだ。男の子が声をかけてきた。

「なあ……お兄ちゃんたち、お不動さんの目を直すのか？」

「ええ、そうですね。これでは見えにくいでしょうからね」

伊織は男の子の乱暴な物言いにも丁寧に答えた。女の子たちは伊織の優美な微笑に一瞬呆けたような顔をして、「ヤバい」「ヤバい」と言い合った。子供にも伊織のヤバさは刺さるらしい。

男の子だけが硬い表情で伊織と不動明王像を見比べるようにして言った。

「これでも、見えてんの？」

「ええ。仏の目はこれくらいのことで見えなくなんてなりませんよ。仏様のお体はひとつではないので、当然目もここに見えているだけではありません。仏様の本体は法身《ほっしん》というもので、宇宙の真理……」

今度は麿夢がヤバいと思う番だ。子供相手にまた伊織が蘊蓄を語ろうとしている。いつも通りに話したら、難し過ぎて子供たちがポカンとしてしまうに違いない。

「伊織さん、ちょっと……」と麿夢は口を挟んだ。「易しく、簡単に、お願いします」

「あ、ああ、そうですね。……ええと、実は仏様の本体には色も形もないんです。透明なお姿で漂っておられます。ですが、仏様の形が見えないと、人はどこに向かって手を合わせたらいいかわからないでしょう？　それでこんな風に仏像として姿を現していただくんです。ですから、仏像の目を塗られても仏様はすべてお見通しです」

「そう、なのか……」

納得できたのだろうか、男の子が神妙な顔をして呟いた。

男の子は、河合海斗《かいと》。小学二年生だと言い、ふたりの女の子のうち背の高い方を姉の優愛《ゆあ》、眼鏡の子の方を村中麗香《むらなかれいか》と指さし、共に小学五年だと教えてくれた。伊織はそれに応じ、やや膝を曲げて自己紹介した。

「私は三玉伊織と言います。仏師ってわかりますか？」

「えっ、武士？　マジで？　あっ、だから髪が長いのか！」

海斗が顔をぱっと明るくして元気よく叫んだ。その子供らしい姿が伊織の笑いのツボに入ったらしい。顔を俯け、クックツと長軀を震わせた。磨夢は困惑する海斗を見かねて、伊織の代わりに訂正する。

「武士じゃなくて、仏師ね。……仏像を彫ったり直したりする人だよ」

海斗は「あー」とがっかりして、畳にへたり込んだ。

「あんたねえ、今の時代に武士がいるわけがないでしょ」

「麗香ちゃん、海斗は、おバカだから」

優愛と麗香は呆れ顔で海斗を見下ろした。女子ふたりはなかなか厳しい。

「いえいえ、いるかもしれませんよ」笑い過ぎたと思ったのだろう、伊織は目配せして海斗の傍にしゃがんだ。「どこかにひっそりと身を隠して……ご近所の誰かが武士かもしれませんし、私が武士で仏師かもしれません。思いもよらぬ不思議なことってありますから。実は、ここにいる私の助手の磨夢君は、ちょっと前まで子猫だったんです」

「なっ」――なんて嘘をつくんだ。磨夢はどう取り繕おうかと口ごもった。が。

「嘘よ」「それは嘘だ」「嘘、嘘」

磨夢が否定するまでもなく、三人の子供たちがゲラゲラと笑い飛ばした。

子供は大人のように妙な意味にとらないから助かる。伊織まで一緒になって笑っているのは解せないが、磨夢はひっそりとため息をついた。

そのとき、唐突に優愛が「あ」と手を打った。

「うちのお寺に時々遊びに来る野良猫ちゃん、変身して人間に紛れてるのかも」

「そうかも、しばらく見ないなーと思ってると、ふらっと現れるの」

「もしかしてこの人……」と、三人の子供がそろって磨夢を見て、また爆笑した。

伊織は磨夢と子供たちを微笑ましく眺めた後、不動明王像を仰いだ。

「不思議と言えば、このお不動さんはいつから黒い目に？」

子供たちは笑っていた口を一斉につぐんだ。思い出したように深刻な顔をして、互いに横目で見合って首を傾げている。

「いつからかは、はっきり覚えてないけど」と、切り出したのは、村中麗香だった。

「気づいたのは一か月くらい前、運動会が終わった後。運動会でケガした子とか、お弁当で食中毒になって入院した子とかいて……教室のみんなはお不動さんが怒ってるって、怖がってやめちゃった。大人は子供の悪戯だって思ってるみたい」

「塾でこの場所を使うからですね」

「だけど、ここは囲碁クラブとか書道クラブの人たちだって来るし、自治会とかでも使ってる。なのに、子供の悪戯だって決めつけてるの」

「なるほど、地域のいろんな人が訪れるんですね」

伊織が頷いた。集会場的な使われ方をしているようだ。

「書道クラブのおじいちゃんたちだって、ここで喧嘩してたよ。筆を振り上げて言い合いしてるのを見たことあるもの。なのに、子供だけが悪いことするって疑うの、おかしくない？　私は悪戯なんかしてないから、お不動さんの罰が当たるなんて絶対にないはず。疑われたくないからやめないよ、友美先生のお教室」

「お不動さんの罰？」と、伊織が顎に手をやり、麗香に問うた。

「い、一回だけ、海斗に前の家に帰れって言って、叩いちゃった。そうしたら友美先生が、人を傷つけると罰が当たるって、お不動さんが見てるからって」

「海斗くんと喧嘩をしたんですね」

「そう。……だって、海斗が私のパパが欲しいなんて言うから」

海斗と優愛は気まずそうにしていた。

「それは、あげられないですね」

伊織は麗香に同意する。

「だって、ヒロ君、俺に優しいし。……俺も好きだもん」

海斗が珍しくか弱い声で言った。ヒロ君というのが麗香のパパなのだろう。

「でもあげないからっ！」

麗香がヒステリックになって、優愛が戸惑いながら海斗の口を手で塞いだ。

「ごめんね、麗香ちゃん。海斗のパパ、海斗に厳しくて、それで……」

「知ってる。ギャクタイでしょ？　だから私も我慢してるの。海斗と友美先生はカワイソウだから、優しくしてあげてってパパに言われてるし」

「カワイソウ」と伊織が麗香の口調を真似た。

「だけど、あんまりパパにベタベタされるとイライラしちゃう。ヒロ君じゃないよ、麗香のパパだから。ああ、もう、またお不動さんに怒られちゃう」

溜まっていた思いが湧き上がったようで、麗香の声が涙交じりになってきた。麗香は縋るような目で伊織を見て言った。

「あのね、入院してたおじいちゃんとおばあちゃんが死んじゃったの。それって、私のことお不動さんが怒ってるから？」

麗香が友美に叱られてから短期間のうちに身内に不幸が重なったらしい。

「大変でしたね。辛かったでしょう。ですが、それは仏様の罰ではありませんよ」

伊織が断言すると、麗香は一旦ホッとしたように息を漏らしたが、すぐに訝るような目で伊織を見上げた。

「仏師ってそんなことわかるの？」

「わかる、といいますか、そんな心の狭い仏様、信じたくないでしょう？」

あっけらかんと言う伊織に子供たちは妙に納得した様子で頷いた。


戻ってきた友美は、不動明王像の前に折り畳み式の長机とホワイトボードを置いて教室の体裁を整えた。生徒は麗香と優愛、海斗の三人だけだ。畳まれたままの長机が四台残っている。不動明王像の騒動が起きる前はあれも使うくらい生徒がいたのだろうか。三人のうち二人は友美の子供だから、実質、生徒はひとりだ。経営は苦しくなりそうだ。

伊織は不動明王像を広い所に運んで梱包することにした。像の目の状況、伊織の見立てを聞きたかったが、子供たちの授業の邪魔にならないよう無言の作業となった。

不動明王像は車に載せやすいように、頭部、胴、腕、台座、光背に分けられた。そこで伊織が出したのはサラシの反物だ。磨夢の指に巻いたサラシは、仏像を梱包するのに使うものだったらしい。伊織はケガの手当てをするように、丁寧に仏像を包んでいく。

そのとき、ふたりの老人が本堂に入ってきた。ひとりは腰が曲がった白髪、もうひとりは仙人のような風情の痩せた禿頭《とくとう》。

「ようやくお不動さんを修理に出すか」

白髪の老人が伊織の手元をしげしげと見て言った。友美が授業を中断して、「会長さん」と白髪の老人に呼びかけた。白髪が町内会長で禿頭が副会長。ふたりとも寺の檀家でもあり、仏師が来ると聞いてやってきたようだ。ふたりの老人を見て海斗が急に仏頂面をして立ち上がった。友美が止める前に海斗は本堂から出て行ってしまう。

会長は海斗の後ろ姿を険しい目で睨んだ。

「どうせ、あの子がお不動さんに悪戯したんだろう。乱暴な子だ。あの子はわしに向かってじじいと言ったぞ」

「……すみません」と友美が眉を曇らす。

「母親のアンタが頼りないから、可愛げのない悪ガキになるんだ。色目を使ってよその旦那をたぶらかすようなことをせず、自分でしっかり子供を育てなさい。アンタみたいなのをストーカーとか呼ぶんじゃないのか?」

友美の後ろで優愛と麗香の視線が揺れた。詳しいことはわからないが、会長の言葉は子供に聞かせるものではないだろう。友美は動揺が隠せない。

「ストーカーなんて、そんな……。わ、私が頼りないのは、その通りですが、……海斗は悪ガキではないです」

友美が消えそうな声でおずおずと海斗を庇った。会長は荒い鼻息を漏らして、伊織に目を移した。

「地域の大事な仏の目が汚されるなんて験《げん》が悪い。きれいに直せるんだろうな？」

横柄に話しかけられ、伊織は流し目で会長を見て薄く微笑んだ。会長はいささか驚いた顔をして曲がった腰をやや起こした。伊織の端整な顔とその冷たい視線に虚を突かれたのだろう。伊織は会長の方へ体を向けて姿勢を正した。

「こちらの不動明王は地域の方と深く関わっているようですね。皆さんのことをよく見て、話を聞いておられるでしょう。汚された目は元通りに修復いたしますが、耳を汚されますと修復できませんのでお気をつけくださいませ」

会長は怪訝そうに眉根を寄せたが、伊織の皮肉には気づいていないようだ。しばらく監視するように伊織の作業を見て帰っていった。

伊織と麿夢はサラシで包んだ不動明王像を車に運んだ。サラシを巻かれた仏像の胴体部分はまるでミイラだ。それが後部座席に横たわっている。

梱包した仏像のパーツを持って駐車場と本堂を往復するうち、麿夢は本堂の脇にある倉庫の屋根の上に小さな人影を見つけた。え、海斗君――？

伊織も「おや」という顔をして立ち止まった。

「伊織さん、あれ、降りれないんじゃ……」

磨夢は倉庫へ向かって走った。後ろからゆっくりと伊織がついてくる。

倉庫は平屋建てで、本堂と同じく高さ一メートルほどの石垣の土台の上に建っている。磨夢が石垣の上に駆け上がると、海斗はチラリと磨夢を見下ろし、「猫がいたんだ」と言った。野良猫が本堂の雨どいに引っ掛かっていたので、助けてやろうと夢中になって倉庫の壁をよじ登ったらしい。その間に野良猫は塀に飛び移って、さっさと逃げていったようだ。降りるのを手伝おうかと言うと、海斗は首を横に振った。

「平気だよ、俺。ジャンプすれば降りれるから。たぶん」

海斗が強がっているのは不安そうな声でわかる。磨夢は倉庫の中を覗き、折り畳み式の脚立を見つけた。住職が使ったものかもしれない。アルミ製の三段の脚立だ。

磨夢が脚立を倉庫と本堂の間に開くと、海斗がギョッとした顔をした。

「あ、それ、壊れてる！」と海斗が叫ぶのと同時に、磨夢は脚立に足をかけていた。すると。天板が磨夢の重みで大きく傾いた。え？　と思った瞬間、磨夢の体も脚立ごと前傾姿勢で倒れかかる。こける――、と寒気を感じたそのとき、視界の端に石垣の上へ飛び上がる伊織が見えた。

「麿夢、ジャンプ」

伊織の声に弾かれるように、麿夢はスニーカーで天板を蹴って倒れかかった脚立の上から跳んだ。伊織の長い手が伸ばされるのが見えた、次の瞬間、麿夢は子供のように伊織に抱き留められていた。一拍遅れて、バランスを失った脚立がガシャンッという激しい金属音を響かせて倒れた。

麿夢の心音はけたたましく鳴っている。伊織がいなければ、麿夢は倉庫の壁か石垣に激突していただろう。住職が転んだのも脚立が壊れていたからなのか。

「かっこわりぃ。大人のくせに抱っこされてる」

海斗に笑われ、自分の足が地面に届いていないことに気付いた。

「い、伊織さん、すみません。お、下ろしてください」

「ああ。子猫みたいに軽いから持っているのを忘れていました」

麿夢は伊織の軽口と海斗の笑い声を受け流して脚立を起こした。天板を手で押さえると、一か所だけひどく沈む。一本の脚の伸縮機能のロックが効かなくなっているのだ。

向かい側から伊織が脚立を覗き込んでネジ穴に触れた。

「ここですね。ネジが一本とんでいるようです」

よく見なければ見落としてしまうような穴だ。麿夢は身震いした。この高さでも落ちて打ち所が悪ければケガをする。伊織は倉庫の屋根の上の海斗を見た。

「降りるのを手伝いましょうか？」

「いい。俺はジャンプで降りる」

伊織は「そうですか」とあっさり引き下がり、「もしもケガをしたら、許しませんけど、いいですね？」とにっこりと微笑んで倉庫に背を向けた。

「許さないって何だよ」

威勢よく下を覗き込んだ海斗の顔がサッと青ざめる。高さに怯んだようだ。

「……や、やっぱり、手伝って」

伊織は海斗のか細い声を聞き、麿夢に目配せした。全く素直じゃない子供だ。海斗は伊織の誘導で倉庫の壁伝いに無事地上に降りた。海斗の服は埃だらけで、ズボンの膝には穴が開いた。見た目はまさに、町内会長が言う「悪ガキ」という感じだ。

「会長の爺さんたちもう帰った？　あいつら悪口言うから嫌なんだ。俺、猫を追いかけて軒下に入って、よく大人の話を聞いてるんだ。麗香ちゃんの爺さんも死んでよかったとか言われてたし、うちの爺ちゃんとかママの悪口もすげえ聞いた」

「ママが悪く言われるのを見たくなかったんですね」

伊織の問いに海斗がしっかりと頷く。

「そう。あいつらパパと一緒で、俺がダメなのはママのせいだって言う。ヒロ君はそんな風に言わない。ママにも優しくしてくれるんだ」

「なるほど。ママにも優しく、ですか」

伊織は意味深に呟き、ポケットから出した養生テープで脚立の脚が開かないよう頑丈に巻き止めた。血を見るのを恐れて磨夢の指にサラシを巻いたときのように。


塾の授業が終わった後、伊織と磨夢は再び友美に本堂へ呼ばれた。先ほど子供の文房具が広がっていたところに、茶菓子の盛られた盆と茶托付きの茶碗がふたつ載っている。向かいに座る友美が居住まいを正して言った。

「いっそ、お不動さんの顔を……変えてほしいんです」

「顔を変える？」

磨夢の頓狂な声が本堂の高い天井に反響した。大人たちから離れたところにスナック菓子の袋を広げてネットゲームに興じていた海斗と優愛、そして麗香の三人がそろって首を伸ばして磨夢を見る。「あ、ごめんなさい」と、磨夢は身をこごめて口を押さえた。

「なんだ、野良ちゃんか」

海斗が言って、他のふたりも笑いながらゲーム画面に視線を戻した。

「野良ちゃん？」と、友美が強く瞬きをして、伊織と麿夢を見る。

「お子さんたちと本堂に通う野良猫の話をしたんです。本堂は日頃から猫だけでなく人の出入りも多いそうですね。自治会などでトラブルは起きていないですか？」

伊織が会話の主導権を取りに出た。探るような伊織の質問に友美は眉を顰めた。

「いえ、特に何も、変わったことは……」

「不動明王像の目が黒くなったことを知っている人は、たくさんいるのですね」

「ええ。年配の方は不吉だとおっしゃって」

「怪現象だと思っていらっしゃる？」

「ま、まさか、そんなこと……」

「ええ、ありませんよ。あの汚れはおそらく、墨汁と油性インクです」

伊織は言い切った。涙のように不動明王像の頬を伝っていたのは薄い墨の跡か。

友美は一瞬見張った目をすぐに伏せて、「そうなんですね」と頷いた。

「なぜ汚れを取るのではなく、顔を変えろと？」

「子供たちも怖いと……。目の修復と一緒に、もう少し優しいお顔に変えてもらえたら」

「明王を優しい顔に？　この件、住職は何とおっしゃっているんですか？」

「父はあまりいい顔をしていません。でも、私がどうしてもと言うなら仕方がないと」

「やはりご住職は反対されているんですね。そもそも明王とは、穏やかな如来がわざわざ恐ろしい形相、教令輪身《きょうりょうりんじん》の強い姿を表す化身となられているんです。ぎょろりと目を剝いたあの怖い顔でないといけないんですよ。不動明王は一面二臂《いちめんにひ》で、明王の中でも一番人間の姿に近く親しみやすいお姿ではないですか。もしこれが他の明王だったとしたら——」

友美は怒濤のごとく飛び出す伊織の言葉に目を白黒させている。麿夢は伊織の蘊蓄語りが深くなる前に口を挟んだ。

「伊織さん、それより、誰がなぜ黒くしたのか調べた方が……」

「失礼。そうでしたね。目が黒く塗られた理由がわからなければ、修復したところでまた被害が出るかもしれません」

「でも、私は……」友美は子供たちに聞こえることを気にして声を絞った。「犯人捜しを、したくないんです。……身近な誰かが傷つくだけですし」

犯人は間違いなく身近にいる。真実を知ったところで気まずいということだろう。だが、伊織の方も納得できる理由もなく師匠の作品を作り換えるわけにはいかない。

微かに緊迫した場面で席を立つのは忍びなかったが、麿夢は尿意に限界を感じていた。

トイレは本堂から母屋に向かう渡り廊下にあった。用を足した後、麿夢が洗った手をパタパタと振りながら廊下へ出たら、海斗がいた。行儀が悪いところを見られてしまった。と、内心焦っていたら、「指、ケガ?」と海斗が絆創膏を貼った麿夢の指を指差してきた。

「ああ、うん、彫刻刀で切っちゃって」

「なんだ、ちっちゃい傷か。俺なんか三歳のとき、ドアに挟んで指が取れかけたんだぞ」

海斗が得意げに見せてきたのは右の小指だ。第一関節辺りの皮膚が引きつれている。めっちゃ血が出た、と言うが、本人はそのときのことをあまり覚えていないらしい。

「このケガのせいでパパは俺のこと怒ってばっかりで、ママは泣いてばっかり」

海斗は思うより先に体が動いてよくケガをしてしまうらしい。その度に父親は海斗と母親を厳しく叱ったという。その叱り方が過剰だったようで、夫婦は離婚したらしい。虐待されていたというわけではないのだろうか。

話をしながら渡り廊下を本堂の方へ歩きかけて、麿夢は立ち止まる。

「あれ？　海斗君、トイレは？」

「ん？　ああ、うん」と海斗は言いにくそうに身をくねらせ、「野良ちゃんが本当に猫になるんじゃないかと思って見に来た。さっき倉庫の屋根に上ったとき、……猫が逃げた後すぐに野良ちゃんが来たから……もしかしてって思って」

「え、ええと……その猫、僕じゃないよ」

「それはわかってんだけどさ。……あの猫、住み家にすぐ帰っちゃうから」

「住み家？」

「そう。……これ、誰にも言うなよ。学校の近くのぼろい家。人は住んでないけど、猫の家族が住んでる。一家でうちのお寺の床下に引っ越せばいいのに。ヒロ君も麗香ちゃんちに帰っちゃうし……あ、ヒロ君って言っちゃダメなのか。麗香ちゃんのパパ」

「でもさ、やっぱり麗香ちゃんのパパは……取っちゃいけないよね。……麗香ちゃんのママだっているんだし」

「麗香ちゃんのママは仕事で海外に行ってて、あんまり家にいないから。それにな、ヒロ君はママの元カレなんだ。麗香ちゃんのパパになる前はママの彼氏だった。ママの方が長い知り合いなんだぞ」

「えっ」

「ママ、最初からヒロ君と結婚したらよかったのに。優しいし、面白いから」

もしかして、自治会長が友美に小言を言っていた、ストーカー云々の話はここに繋がるのか。友美が今は他人の夫となった元カレに執着していると。

思ったよりもドロドロした人間模様が垣間見え、麿夢には小二の男子に掛ける言葉が見つからなかった。

本堂に戻ると、まだ友美と伊織は深刻そうに向かい合っていた。友美の目に薄っすら光るものがあり、どきりとした。伊織に振られて泣きそうになっているような画に見えないこともない。

麿夢が隣の座布団に座るのを見計らい、伊織が毅然として言った。

「元の状態に戻す修復はさせていただきますが、新しい顔を作るのはお断りします。お気に召さなければ別の仏師を探してください」

結局話はまとまらなかったらしい。伊織の前には、一口も口を付けていないお茶が寒々と液面を光らせている。

「麿夢、不動明王像を下ろす準備をしてください」

友美は伊織が車の鍵を麿夢に渡すのを怯えた顔で眺めていた。感情を見せない伊織の所作はひどく冷たく見える。だが、それが相手に変な期待をさせない伊織なりのブレない意思表示なのだ。

「まっ、待ってください！　あのっ」

友美が膝立ちになって叫んだのを見て、三人の子供たちが不安げに近寄ってきた。

「ママどうしたの？　仏師さん帰るの？」

そのとき、本堂の入り口が開いた。

「あれ？　お客さん？」

明るい声と共に、人当たりが柔らかそうな眼鏡の中年男性が入ってきた。その姿を認めると、友美はホッと息を漏らして頬を緩めた。夫婦のようだがそうではない、独特の空気感がふたりの間に漂う。

「ヒロ君！」「パパ！」と、海斗と麗香が競うように駆けだした。男性は麗香と海斗を左右の手でそれぞれ抱き留め、「こんなに歓迎されると照れるなあ」と笑った。

「ヒロ君、仏師が来てるんだ。武士じゃないよ、仏師」

海斗が麗香から引き離すようにして『ヒロ君』を引っ張る。負けじと麗香も『パパ』の腕にしがみ付いた。

「ああ、仏師さんね。お不動さんの件かな。こんにちは……あ、もう、こんばんは、ですかね。村中弘樹《ひろき》といいます」

海斗と麗香に引き連れられて、弘樹が伊織と磨夢の前までやってきた。伊織と磨夢が挨拶すると、弘樹は友美から少し離れた所に胡坐《あぐら》をかいて、海斗と麗香を両脇に座らせた。友美の隣には優愛がちょこんと腰を下ろした。

「しっかし、仏師さん、男前ですねえ、びっくりしちゃった」

弘樹は大袈裟に驚いた顔を作って見せた。かなりお調子者らしい。

「でしょ、パパ、ヤバいっしょ」

「ヤバい、ヤバい、俺が惚れちゃいそう」

海斗は弘樹と麗香のやり取りをつまらなそうに一瞥して、むっつりと口を結んだ。まるで偽装家族の演技を見せられているようで落ち着かない。横目で見合わせた伊織の目にも呆れの色が浮かんでいた。

友美は取り繕うように、朗らかに弘樹を紹介した。

「村中さんは、私が実家に帰って来てから特にお世話になっている方で、いろいろ相談に乗っていただいていて……」

「ママの元カレだよ」

海斗が横から得意げに伊織に教える。今度は麗香が不機嫌そうに舌打ちして、優愛が俯いた。友美は慌てて顔の前の空気を散らすように手を振った。

「それはもう、ずっと、ずうっと前の話ね。高校生のときのことだから」

弘樹がのんびりと助け船を出す。

「そうだよ、昔のこと。だけど、せっかくまた近くにいるからね、困ったときは助け合えばいいでしょ。嫌い合う必要はないんだし」

「そうそう、仲がいいのは悪いことじゃないわ。悪く言われることじゃない」

友美が早口で言い募った。やましいことがないなら言い訳する必要はないと思うが、幾分あざとい気もする。

「そ、それでね、お不動さんのお顔のことなんだけど……」

友美は不動明王像の顔の変更を断られたことを話し、弘樹は聞きながら何度も頷いた。

「師匠が作った仏像でしょう？　そりゃあ、仏師さんはむやみに変えたくないんじゃない？　俺なら、ほいほいとお客さんの言うように合わせちゃうけど、職人さんは営業マンとは違うと思うよ。頑固一徹って感じで。今回は仏師さんの言う通り、汚れを落としてもらうだけにしたら？」

「そうねえ……」

「どうせ、子供の悪戯でしょ？　ほら、塾をやめちゃった子たちの中の誰かの仕業だ。きまり悪くていられなくなったんだよ。だから、もうこんなこと起きないよ。住職だって顔の変更は反対してたし、無茶したらそれこそ本当に罰が当たるかも」

営業マンの話術なのか、畳みかけるようなしゃべりだ。友美は弘樹に押し切られて不動明王像の顔の変更を諦めた。

車に載せた不動明王像はそのまま工房で預かることになった。

友美と弘樹、そして三人の子供たちは、駐車場まで見送ってくれるといい、伊織と麿夢の後ろをぞろぞろとついてくる。あたりは夕闇に沈んで空気も冷えていた。背後の山の影が昼間より近く迫っているように感じる。海斗がぴょんぴょんと跳躍しながら弘樹の後を追っていた。

「ヒロ君、寒いからくすぐりっこしようぜ」

「いいのか、海斗。お前、また悶え死ぬぞ」

「こちょこちょー」と言い合って、弘樹と海斗がじゃれ合いだした。弘樹が海斗を抱えるようにしてくすぐり、海斗が足をバタつかせた。優愛と麗香は呆れたようにそれを眺め、友美は不自然なほど上《うわ》っ調子で手を叩いて笑っている。

微笑ましい光景、なのかな……。麿夢はどこか薄ら寒いものを感じていた。

そのとき、海斗が面白い悪戯を思いついたという感じで、弘樹に何やら耳打ちした。ふたりは目で合図し合ってこそこそと伊織の背後に近寄った。

もしや、ふたりして不意打ちで伊織をくすぐるつもりか？　麿夢が気づいたときには遅かった。弘樹が伊織の脇を摑まんとして両手を伸ばしていたのだ。しかし。気配を読んでいたのか、伊織は正面を向いたまま弘樹の右手を手刀で叩き落とした。

「いてっ」

声を上げて、弘樹が前のめりになった。伊織は倒れかかってくる弘樹の体を避け、すかさずその左手を捕えて後ろ手に捻りあげた。

「いってててて」

「すみません。くすぐられるのは好きではないので」

伊織は少しも悪いと思っていない口調で言って、弘樹を離した。弘樹は伊織に捻られた腕をさすりながら力なく笑った。

「ちょ、ちょっと、海斗に乗せられて……ふざけ過ぎました」

優愛と麗香、そして友美は戸惑った様子でふたりを見ている。首謀者である海斗だけが状況を理解できていない。伊織に並んで顔を見上げた。

「仏師さん、怒ったのか？　俺ら、くすぐろうとしただけだぞ」

「私は人に触られるのが苦手です」

「えー、こちょこちょ、面白いのに」

「私は面白くありません。人間は皆同じではないんです。性格や立場、他にも、いろんなものをひっくるめて、それぞれに近づいていい距離が違うんですよ」

ふうん、と、海斗が不満の籠もった返事をした。

伊織の言葉は子供には難しいかな、と思う。距離感は社会で人と関わっていくうちに身についていくものだろう。まずは身近な大人自身が少しずつ教えていく必要がある。伊織はそれを暗に友美と弘樹に言っているのかもしれない。

「次やったら、怒りますよ」

「う、うん。もうしない」

伊織を怒らせてはいけないことだけは海斗にしっかり伝わったようだ。


伊織はペンライトを片手に車の下回りを確認してから車の鍵を開けた。伊織がスマホのナビを設定している間、磨夢は助手席に座って、車の外の五人の姿を見るとはなしに見ながら、聞こえる声を聞くともなしに聞いていた。

「さあ、麗香、俺たちも帰ろうか。パパの特製カレー作るぞ」

「えー、パパ最近カレーばっかり」

弘樹が麗香の頭を撫でるのを海斗が羨ましそうに見つめていた。『ヒロ君も帰って行っちゃうんだ』と呟いた海斗の声を思い出す。

「ねえ、よかったら、今日もうちで食べて行く？」

友美が名案を思いついたように溌剌と誘った。彼女にとって弘樹は気を許せる相手のようだ。彼の前だと友美はオドオドしなくなる。

「おっ、やった。御馳走じゃないか？　よばれていくか、麗香」

「いや……帰りたい」と麗香は弘樹の袖口を握って引っ張った。

海斗が地団太を踏んで抗議する。

「えーっ、何でだよ。どうせ帰ったって麗香ちゃんちはママいないだろ！」

「ママはいるよっ、イタリアに」

「嫌なら、麗香ちゃんはひとりで帰ればいい。ヒロ君、泊まっていってよ」

「なんで私がひとりで帰んなきゃいけないのよ」

「海斗、ごめん、今日はやっぱり麗香と帰るよ」

「ダメ。ヒロ君はうちにいて」

弘樹の腕にしがみ付く海斗を、「今日は諦めよう」と友美が笑いながら引き離した。

麗香は我慢の限界とばかりに、海斗と友美の前に立ちはだかった。

「今日だけじゃなくて、いつも諦めて。ふたりとも麗香のパパをヒロ君って呼ばないで」

「うるさい！　ヒロ君はヒロ君だ！」

喧嘩が始まっちゃったな、と磨夢が思ったとき、海斗が麗香の肩を両手で突いた。ドシャッと音を立てて麗香が砂利に尻もちをつく。一瞬放心状態になった麗香が、「うわあああああん」と突如泣き声を轟かせた。磨夢は思わず車のドアを開けた。

仰向けに転がる麗香を海斗が見下ろし、友美が後ろから海斗を抱きかかえて下がらせようとしている。

「海斗！　何してるの！　麗香ちゃんに謝りなさい」

「あーあ、喧嘩しちゃダメだろ。麗香、おいで。よしよし、大丈夫、痛くない」

弘樹が緊張感のない間延びした声で麗香を宥めた。麗香は嗚咽しながら訴える。

「なん、で、……パパ、海斗が、悪いのに……あいつ、叱ってよ」

「麗香、許してあげてよ。海斗はよその子だし、パパがいないかわいそうな子だから」

その言葉には優しい口振りでも隠し切れない冷酷さがあった。

弘樹は友美と海斗を憐れんでいるだけで、最終的には自分には関係がないものだと思っている。友美は弘樹を見つめ、海斗を抱き寄せた。この人に助けを求めても救われない。友美の顔に浮かぶのは、その現実を知った絶望だ。

気づけば磨夢も気抜けしたように立ち尽くしていた。

「磨夢、車に乗りなさい」

伊織が平板な声で磨夢を呼んだ。急くようにエンジンがかかる音がして、磨夢は助手席に飛び乗った。ドアを閉めると同時にタイヤは砂利を踏んで動き出す。

「さて、不動明王は何を見てしまったんでしょうかね」

伊織は静かに呟いた。


次の日から不動明王像の目の汚れ落としが始まった。頭部の顔の部分が面のように外れて、磨夢はついつい「おお」と声を上げてしまった。

面の内側は目の部分がくり抜かれて空洞になっていて、レンズ状のガラスがはめられるようになっている。ガラスの内側に黒目が描かれ、ガラスの艶が濡れたような輝きのある目を表現する。眼球の丸みを表す窪みに綿が詰められ、さらに木の板で蓋がされて竹串で留めてあるのだ。

伊織は竹串を危なげなく外して、汚れたガラス板を取り出した。

「明王は目を見開いているのでわかりやすいですが、如来や菩薩の目にもこんなふうに透明な目が入っていることが多いんです」

「仏の目って、見えてるのか見えてないのかわからないくらいにしか開いてませんよね」

「半眼、といいます。世の中の内と外の両方を見ている、ということを表しているんですよ。同じように細められた目でも、如来はけして人と目が合わないように、菩薩はじっと人を見つめるようになっています」

「へえ……そうなんですね」

以前、如来は悟りを開いた最も尊い仏で、菩薩は人に寄り添い悟りを目指す皇子の姿の仏だと教えてもらった。二つの仏は視線にも違いがあったとは。

伊織は取り出したガラスを指先で挟んで麿夢に見せた。

「この技法は玉眼といいます。平安時代から始まり、鎌倉時代に主流になったものです。鎌倉時代は写実の時代と言われ、仏をよりリアルに表現しようとしたんですね。有名な運慶、快慶という仏師たちが活躍したのはこの頃です」

麿夢は伊織の流れるような澱みのない解説に耳を傾けながら、玉眼が外された能面のような不動明王の顔にそっと触れた。

「そんな昔からこんな細かいことを……すごいですね」

「ガラスができるまでは水晶を使っていたそうですよ」

「この目を黒く塗りつぶした犯人は、これがガラスだって知っていたのかな」

「どうでしょう。知らなかったから墨汁を使ったのかもしれません。使われたものは三つです。最初に墨汁を塗って、それが涙のように頬に流れました。その上にホワイトボードマーカー、とどめに油性インク、ですね」

　ガラスに付いたインクを薬品で拭きとりながら伊織が言う。伊織の手元を覗いて、クリアになっていくガラスに磨夢はホッとした気持ちになった。元通りになりそうだと思うと、いよいよ、誰が、なぜこんなことをしたのかが気になってくる。段階的に強いもので塗っていったのは意味があるんだろうか。

「塗るなら最初から油性インクで塗っちゃえばいいのに」

「まず、墨汁が手近にあった、ということでしょうか」

　磨夢は指を鳴らした。

「あっ、書道クラブ。……でも、あの高さは、腰が曲がった老人とか子供には届かないですよね」

「いえ、子供だからこそできることがあります。壁沿いの台、大人なら仏様のおられる場所に足を載せるのは躊躇するでしょうし、踏み抜いてしまう可能性もありますから、まず上らないでしょう。子供なら使えると思います」

　言われてみれば、小柄な磨夢でもあの台を踏み台にすることは考えなかった。

「じゃあ、弘樹さんの言う通り、塾を辞めた子供？」

　伊織は「うーん」と、眉間にしわを寄せた。

「子供たちに会っていないので何とも言えませんが、いなくなった者のせいにして、ていよく片付けようとしているふうにも思えますね」

「ですよね。仮に、子供たちが犯人だとしたら、理由はなんでしょう」

例えば、先生である友美を困らせたいとか、昔話のように悪戯をしても祸など起きないということを証明しようとしたとか、そんなところだろうか。

「仏様の目を塗るのはかなり勇気が必要でしょう。単なる悪戯ではないはずです」

「強い恨みがあったとか？　弘樹さんの奥さんは海外だから……まさか麗香ちゃん」

いや、違うな、と磨夢は自分で否定した。伊織は苦笑いを浮かべた。

「彼女は犯人ではないと思いますが、恨みに似た複雑な感情を抱えているでしょうね。……しかし、村中弘樹さんはのらりくらりとして、周りをヤキモキさせますね」

伊織さんはイラっとさせられていましたよね、とつっこみたいところだが、胸の内に留めておく。触らぬ仏に祟りなしだ。

「あのふたりって、友達っていうんでしょうか……伊織さんはどう思います？」

「さあ、どうでしょうか。本人たちの申告を信じるなら不義とは言えないでしょうが、友情という名を借りて、周囲に曖昧な関係を強引に認めさせているように思いますね。都合よく、なあなあで通そうとしているといいますか。ふたりのことなら構わないですけど、巻き込まれた子供たちは不憫ですね」

『仲がいいのは悪いことじゃないわ』という友美の声が脳裏に蘇る。磨夢はひりつくような口の渇きを覚え、長く考えてきたひとつの疑問を漏らした。

「……友情と恋愛感情の区別って、何なんでしょうか」

「感情は境界線なく繋がっていますから、ここからが友情でここからが恋愛感情と、区別できるものではないでしょう？　ですが、村中弘樹さんはその辺りの相手の感情を揺さぶるのが得意そうですね」

「友情を大事にしたいなら、不必要に恋愛感情なんて起こさせたらダメだと思います」

つい語気が荒くなった。

伊織は手に持っていた玉眼を布の上に置いて、磨夢の方へ顔を向けた。その眼差しは、「何か話したいことがありますね？」と問いかけているような気がした。伊織は菩薩のようだ。だから、磨夢は心の声を漏らしてしまう。

「僕は、その感情がわからなくて……逃げたことがあります。言いましたよね、秘密を打ち明けられるのが怖くて逃げたって。予感というか、相手の気持ちの変化を感じてしまったというか……、でもそれを聞いたら、居心地のいい関係性が変わっちゃうような気がして、聞きたくなかった。恋愛感情は友情には邪魔なものだと思ったから……」

最後の方は伊織の目を見ていられなくなって、顔を背けてしまった。

「磨夢、友情なのか愛情なのかわかりませんが、その人は、君が五年もの間、ほぼ時を止めて悩むくらいの相手だったんでしょう？」

「は、……はい」

「それが答えですよ」

「え……どれ……？」

呆けたように顔を上げると、目が合った菩薩顔がフッと頬を緩めた。

「『感情や関係性に名前は付けられないけれど、大切な相手』ということです。君は逃げたと言いますが、大事な人でも全て受け止められるものではありません。突っぱねなければいけない場合もあります。大切な相手なら、きっとわかってくれるでしょう」

「……でも、僕は……もう、謝ることも、できない……」

相手がもう二度と会えないところへ行ってしまった。伊織は事情を察したらしく、深刻な眼差しで磨夢に掛ける言葉を探しているようだった。そして、口を開いた。

「では、そろそろ相手の記憶を苦痛から解放してあげたらどうです？　もう十分悲しんだでしょう。過去ではなく未来を見た方がいい。これ以上は磨夢がひきこもるほど、相手を責めているように見えますよ」

忘れてはいけないと、自分だけが未来を描くのは申し訳ないと思ってきた。それは良平を責めていることだったのだろうか。

その日の夕方、五日ぶりにヨシ乃の見舞いに病院を訪れた。

ヨシ乃は珍しく熟睡していた。麿夢は手土産に持ってきたお菓子をベッドサイドテーブルに置こうとして、異変に気が付いた。麿夢があげた手のひら地蔵が見当たらない。棚の下やベッドの下、簡易収納の引き出しを捜しても出てこなかった。

変わらず麿夢の前では認知症の振りをしている彼女だが、手のひら地蔵をあげたときは素の顔で有難がっていた。以来、食事についてきたデザートのプリンやらゼリーを地蔵に供えてから食べるのが習慣になっていると、担当の若い女性看護師が話してくれていた。それなのに。

どこに置いたんだろう。釈然としない思いで廊下を歩いていると、ヨシ乃の担当看護師に行き会った。彼女は麿夢を見るなり申し訳なさそうに腰を折った。

「すみません。実はお地蔵さんが盗難に遭ってしまったみたいなんです。私たちも思いつくところはすべて捜したんですけど、見つからなくて」

三日前の夜、ヨシ乃が寝入ってから何者かが持ち去ったらしい。夜勤の看護師たちは特に不審に思うような人物を見ていないという。入院患者の荷物をチェックするわけにもいかないので、諦めるしかなさそうだ。ヨシ乃は落ち込んで食欲を失くし、不眠気味になった。今は薬で眠っているという。

入院中の盗難被害は珍しいことではないと聞く。病室の廊下には私物を鍵付きロッカーにしまうよう注意を呼び掛けるポスターが張ってあるくらいだ。とはいえ、素人が彫ったあんな下手くそな仏像まで持っていく泥棒がいるとは。世知辛い……。

鷹夢は重い気分を引きずって、昌運の病棟がある別館の療養型施設に向かった。昌運の病室を覗くと、伊織はおらず、代わりに多田という男性看護師が巡回にきていた。伊織が「心地よい距離を保てそうにない」と評した彼だ。

「三玉さんなら談話室にいらっしゃると思いますよ。先ほどチラッとお見掛けしました」

多田はにこにこしながら教えてくれた。シュコー、シュコーと昌運につながる機械が相槌を打つように微かに音を立てた。

「わかりました。……ありがとうございます」

回れ右して病室を出ようとすると、多田が病室の出入り口まで追いかけてきた。

「あの、僕、実は来月から異動になりまして、担当を外れることになってしまいました」

「そ、そうですか」

お世話になりましたと磨夢が言うのもおかしいだろう。しかし、なぜそんな報せを磨夢にするのか訝しく思う。磨夢の戸惑いをよそに多田はさらに続けた。

「……三玉さんにお会いできなくなるのは寂しいです」

会えなくなって寂しいのは昌運か、伊織か、どちらの三玉だろう。磨夢が明らかに引いているのに多田は構わず親しげに間を詰めてくる。いよいよ気味が悪くなって、磨夢は愛想笑いで逃げることにした。病室のスライドドアを開けて一歩廊下へ踏み出たところで再び「あのぉ」とまた声が掛かった。

「あなたは三玉伊織さんのお弟子さんですか？」

唐突な問いに面食らう。

「い……いえ」

「違うんですか？　随分親しそうなので、お弟子さんかと。じゃあ、仏師のお仕事とは関係がないご友人ですか」

「そんなこと、何で聞くんですか」

「いや、すみません。実は仏師の三玉さんに憧れていまして。三玉さんは、カフェで彫刻を教えていらっしゃいますよね。以前は昌運さんの工房で教室をされてたと思うんですけど、あの工房は閉められたんですね。行ってみたけど、誰もいなくて。移転先を伺いたくても電話も繋がらないし、ご本人とゆっくりお話しできる機会もなくて」

伊織の周辺を探っているようだ。これが多田の本題で、異動云々の話はただの前振りだったのだろう。関わってはいけないと麿夢の本能が言っている。

麿夢がきつく口を結ぶと、多田は恵比須顔をくしゃりと崩して笑った。

「すみません、うざいですよね。でも、怪しい気持ちじゃないんで安心してください。カフェの彫刻教室は定員オーバーで断られて、残念だなと思っていたら、あなたが載ってる彫刻作品展の写真をネットで見つけたので、つい」

女子大生の平井が載せたあの写真だろうか。いや、他の生徒が発信している可能性もある。それにしても、伊織がわざわざ自分の名前を伏せて開催したものを、手繰り寄せるとは。それだけでも多田の執着を感じる。全く安心できない。

伊織ほどの美形だと男女関係なく、こういうストーカーめいた輩が現れるのもわかる。足立が言っていた、「守ってあげて」の意味はきっとこういうことだ。

……でも、いったいどうやったら守れるんだ？

しばし逡巡し、「あのっ」と意を決して出した声は思い切り裏返った。が、麿夢は多田の方へ足を一歩踏み出して、言い放った。

「僕は恋人です、い、伊織さんと付き合ってます。だから、伊織さんに近づかないでください！　し、失礼します！」

多田がどんな顔をしていたか確認する間もなく、麿夢は走り出した。この対応は正解なのか？　わからない。とてつもなく激しく心臓が鼓動を打っていた。談話室に向かう手前で、ナースステーションの方から歩いてくる恋人……もとい、伊織に出くわした。

「あ、麿夢、叔父の主治医の先生と話していて……どうしたんです？　赤い顔して」

「い、行きましょう、伊織さん」

麿夢は伊織の腕を掴むとそのままエレベーターホールへ向かった。伊織はいつになく強引な麿夢の態度に目を丸くして、動かされるまま従っている。

エレベーターに乗り込むと、麿夢は『閉』のマークを連打した。扉が閉まって密室になったとき、久しぶりに息ができるような気分になった。

「麿夢？」と説明を促す呼びかけに、麿夢はコクコクと首を縦に振って頷いた。

「伊織さん、あの多田って看護師、伊織さんのこと――」

「ああ、彼、気持ち悪いでしょう。少し前から私のことを嗅ぎまわっているようです。なるべく病室で会わないように避けていたんですが。……何か聞かれましたか？」

「ええ。……それで……」

「どうしました？」

伊織に怪訝そうに目を眇められ、磨夢はもじもじと俯いた。

「……付き合ってることにしちゃいました。僕が、伊織さんと」

ブッと美形が噴き出した。飛んだ飛沫を「失礼、失礼」と片手で扇いで、反対の手で腹を抱えていた。伊織はそのまましばらく痙攣したようにクックツ笑って、涙まで流した。磨夢は恥ずかしさを通り越して腹が立ってきた。

「笑いすぎでしょう。他に思いつかなかったんです、どうやったら伊織さんを守れるか。盾になるっていったら、恋人の存在かなって」

「盾になってくれるんですね、磨夢」

「た、助けてもらうばっかりじゃダメですから」

「ふふふ。それは頼もしいですね」

頼もしいなんて思っていないくせに。嘘つきの顔だ。でも、本当に恋人だったら、ちょっとときめいてしまいそうな笑顔。ほだされないぞ、と磨夢は口を尖らせた。

「磨夢にまで不快な思いをさせて申し訳ないですね。……どうも私は粘着質なタイプに興味を持たれるようで困ります。彼の場合はまだ、つきまとわれているとも言えない状況なので今のところ静観するしかないですね」

「実際に、つきまとわれた経験が？」

「そうですね、何度か。そのうちの一件はちょっと命の危険を感じるレベルでした。私のトラウマですよ」

菩薩が世俗の人間を憐れむような面持ちで、伊織は何かを思い出しているようだ。

「ですが、これからは麿夢が守ってくれますしね」

失敗したかな、と悔やみつつ、穏やかに目を細める伊織の横顔に結局ほだされてしまう。……まあ、いいか。

足立が言うように、麿夢が傍にいれば少しはストーカーに対する抑止力になるだろうか。麿夢の力など吹けば飛ぶような非力だが、伊織の助けになりたいと思う。伊織がひきこもりから麿夢を引っ張り出してくれたように。


不動明王像の修復は全体のクリーニングも含めて五日ほどで完了した。

伊織は頬を伝っていた墨汁の涙痕を慎重に彫刻刀で薄く削り取った。削った部分の木は日焼けしていない肌のように白い。それを周囲の色と馴染ませるように軽く柿渋を塗って古色をかけた。

油性インクで黒く塗られた双眸は透明感を取り戻し、悪を見落とすまいとぎょろりと見開かれている。眼球に少し赤い色が入っていて、黒目の中で火が灯っているように見える。不動明王のイメージは、やはり鬼に似ていると思う。

　磨夢は刷毛と筆で不動明王像の埃を落とす作業を手伝った。その作業の隙間時間に、新たにヨシ乃用の地蔵菩薩像を彫り始めた。病院の盗難の話をしたら伊織がアドバイスしてくれたのだ。

「磨夢、携帯できる地蔵菩薩を作ってみたらいかがですか？　懐中仏とか懐仏と呼ばれるものです。ヨシ乃さんはいつも鈴が付いた巾着袋を提げているでしょう？　あれに入れて持ち歩いてもらうんです」

　名案だった。小さなものなら貴重品用の鍵付きロッカーにも入る。

　血濡れになった手のひら地蔵を一旦おいて、もっと小さな懐仏を彫ることにした。

　伊織は、初心者でもできそうな図案を選び、例のごとく鉛筆で材木に印を付けてくれた。「きちんと手袋をしなさいよ」とついでに小言を言われたことを思い返し、思わず手袋の上からケガした指に触れる。もう絆創膏は要らなくなっていた。視線を感じて目を向けると、作業台の上に置かれた不動明王像の頭部が、牙をむき出してもの言いたげにこちらを見ていた。


　常音院を再び訪れたのは日曜日の昼下がりだ。その日は自治会で、自治会長が住職の代わりに不動明王像が戻るのに立ち会いたいと言い出したらしい。友美が事前に申し訳なさそうに電話で知らせてきていた。

不動明王像を安置する本堂の左奥の部屋に、長机をロの字に置いて十五人ほどの人が座っている。麿夢は人が密集した場に頭がくらくらした。

「大事な仏像だからな、いい加減な作業をされんように見ておかなければいかん」

偉そうに言っているのは例の白髪の自治会長だ。不動明王が置かれる台の真ん前に陣取っている。隣に副会長の禿頭も見えた。その他の自治会役員は三十代くらいから八十代くらいまで幅広い年代層がそろっている。男女比は圧倒的に女性が多い。不動明王のパーツを車から本堂に運び込む間、彼女たちのうっとりした視線が伊織と麿夢――正確には、ほぼ伊織の方だけだが――を追っていた。

すべての材料を本堂中央のご本尊の前の広いスペースに運び終えると、会長が左の部屋の最奥から「こっちへ来い」と手招きする。

これから各パーツのサラシを解いて組み立てていかなければいけない。奥は狭すぎる。

麿夢は不動明王の頭部の包みを抱えたまま伊織を窺った。

末席に座っていた友美が恐る恐るといった感じで立ち上がり、伊織に問うた。

「あ、あの、……あちらは狭くて、……やりにくい、ですよね？」

「アンタは黙っていなさい」

会長が友美の前へ歩み出た。腰が曲がっていても足取りはしっかりしている。伊織は腕を摑まれそうになり、会長の手を避けてきっぱりと言った。

「広い場所が必要ですので、こちらで作業させていただきます」

会長は不服そうだったが、仏のように凜とした伊織に強く出ることはできなかったようだ。渋々引き下がり、最奥の自席へ戻った。

伊織と麿夢はご本尊の前にビニールシートを敷き、不動明王のパーツをその上に並べた。設置場所から少し遠いが仕方がない。ここの方が気は楽だ。

左の部屋からチラチラとこちらを見てくる女性たちの視線を感じ、姦《かしま》しい喋り声も聞こえてくる。伊織はあまり声を出さず、視線と指の動きで麿夢に指示をする。麿夢は一度工房で組み立てを手伝ったので、少しは助手らしい動きができそうだ。梱包を解いて組み立てやすいようにパーツを配置していく。

自治会は年末の行事についての話し合いをしているようだ。

「友美ちゃん、大掃除のプリントが二枚足りてないよ」

「す、すみません、……母屋で、印刷してきます」

友美が本堂から退出すると、役員たちが不気味な笑い声を漏らした。

「村中さんとこのヒロ君、来年には奥さんのご実家の近くに引っ越すらしいわよ」

「やっぱり友美ちゃんが原因でしょう。離婚して寂しいからってヒロ君に甘えるから」

「幼馴染みとはいえ、人の旦那に頼っちゃダメよ」

「ヒロ君の家はお葬式が続いて大変だったのに、優しいから放っておけなかったのね」

会長が大きな咳ばらいをした。

「住職にも厳しく言わんといかんな。友美の息子もやんちゃくれでしょうがない」

聞こえてくる話は気持ちのいいものではなかった。息が詰まりそうだ、と思っていたら、本堂の正面の引き戸が開いた。姿を見せたのは、海斗と優愛だ。海斗は腕をケガしたようで、三角巾で吊っていた。痛むのか、元気がない。

「仏師さん、野良ちゃん」

「……ケガしたの？」と磨夢が聞くと、「うん、肩にヒビ」と答えた。

磨夢と海斗のやり取りに注目していた自治会役員がまた小声で話し始める。

「海斗君、お不動さんの罰が当たったって、うちの孫が言ってたわ」

「でも、お不動さんの目は村中さんとこの麗香ちゃんがやったんじゃないの？」

「でしょうね、あの子が一番友美ちゃんのこと憎んでたでしょうし」

「違うよ！」

叫んだのは海斗だった。「違う。お不動さんの目を塗ったのは俺だ」

「まあ……」というため息のような声を皮切りに、自治会役員がざわめく。会長が立ち上がった。「やっぱりお前か」と。

友美がプリントを持って本堂に戻ってきたのは、そのときだ。

「……あら、海斗、優愛、どうしたの？　ああ、……仏師さんに、会いに来たのね」

「ママ、違うよ。麗香ちゃんじゃない」

「何が？」

「俺がお習字の墨でやったんだ！　仏師さんが言った通り、目を塗っても、お不動さんはちゃんと見てた。だから、罰が当たったんだ」

海斗は涙声で言い放って、友美と扉の間をすり抜けるようにして出て行った。

「どういうこと？」

友美が海斗を追いかけようとすると、今度は優愛が「違うの」と泣き出した。

「私よ。私がお教室のマーカーで塗ったの。海斗じゃないの。ごめんなさい」

「やだ……、どうしちゃったの……」

友美は優愛を抱き寄せて頭を撫でた。会長が鼻息荒く友美の方にやってくる。

「だから言っただろう、もっとちゃんと子育てをしないからだ。手本になる親が悪い。

子供がふたりして仏像を汚すとは。檀家が金を出してるんだぞ」

そのとき、伊織が曆夢に目配せをした。作業を続けるようにと。そして。ふたりで不動明王像を台座に立てた。会長と友美の間に、不動明王が仲裁に入るように姿を現したのだ。不動明王に睥睨《へいげい》され、会長が後ずさりする。

伊織は、「明王の目の力が戻りました。いかがです？」と、会長と友美を順に見た。

友美は硬い顔で頷き、会長は不動明王像から目を逸らして不愉快そうに言った。

「わかった、後でしっかり見せてもらう」

伊織は構わず、不動明王像を会長の方へ向けた。

「感情が高ぶることはありますが、筆を振り上げて喧嘩をするのはやめよと、不動明王様がおっしゃっていますよ」

会長がウッと声を詰まらせる。

「誰かが『死んでよかった』というような陰口もいただけないと」

「陰口など言っておらん。誰がそんなことを」

「不動明王です」

「バカらしい。仏像が話すか」

「修復は仏様の声を聞く作業です。どれだけ大切にされてきたか、どれだけ拝まれてきたか、傷や汚れを落としている間に、仏様は仏師に教えてくださいます。耳を汚されると修復ができないので困るとお伝えしたでしょう？　仏様は一度聞いた醜聞を忘れることができません。ですので、気を付けていただきたいんです。よろしければ、今回、不動明王から聞いたことをすべてお話ししましょうか？」

笑うはずのない仏像が笑うように、伊織がニタリと目を細めた。

「い、要らん。どうせ作り話だ」

「では、不動明王立ち合いの下でお話ししましょう」

「や、やめろ、鬱陶しい。……今日はもう自治会はお開きだ」

会長が急ぎ足で本堂を出て行って、他の面々も困惑しながらのろのろと帰っていく。

後には泣きじゃくる優愛の声だけが高く響いていた。

ひとしきり泣いた優愛が落ち着きを取り戻したのを見計らって、伊織が口を開いた。

「優愛ちゃん、君は、海斗君を庇うために、海斗君が塗った墨の上に黒いインクを塗ったんですね」

友美と麿夢は目をしばたたかせて、優愛と伊織の間で視線を往復させる。

「うん」と、優愛が小さく首を縦に振った。「お不動さんのほっぺに黒い涙が付いてて、海斗が落書きしたってわかったの。だってあの子、墨で絵を描いて遊んでたから。海斗はお不動さんの目が怖かったから目を塗りつぶそうとしたと思う。けど、墨は弾かれちゃって、涙になっちゃった。だから、……私が上からマーカーで塗った」

磨夢には優愛の気持ちが解せなかった。

「……注意しなかったの？」

「海斗はいつもパパに叱られてて……私が悪いときでも海斗が代わりに。そういうとき私もパパが怖かった。怖かったから知らん顔した。だから、海斗の悪戯を隠そうと思ったの。海斗が怒られないように。だからママ、海斗を怒らないで」

優愛の告白を聞いて友美は呆然としていた。伊織は優愛に微笑みかけて、

「優愛ちゃん、本当のことを話してくれてありがとう。今からママとお話しさせてもらっていいですか？　私はお不動さんに聞いたことをママに伝えないといけないから」

優愛はわかったという風に伊織に頷いて見せ、友美から離れた。不安そうに瞼を伏せたのは友美だった。

「さて、子供たちが正直に話してくれましたから、河合さんにも正直に答えていただきたいのですが」

ロの字に置かれた長机のコーナー部分に腰を落ち着けるなり、伊織が言った。

「河合さん、優愛ちゃんが塗った上からさらに油性インクで不動明王像の目を塗ったのはあなたですよね。住職がケガをした脚立の細工をしたのも」

なんと。磨夢は伊織の言葉に声もなく瞠目した。

友美はどこか観念していたようで深く息を吐いて頷いた。

「……はい。父があんなふうに腰を痛めてしまうなんて思っていなかったですが……脚立を壊したのは私です。塗った部分を、……詳しく調べてほしくなかったから」

下を向いたまま答える友美の声はくぐもって聞こえた。伊織は優愛に向けたものより厳しい視線で友美を追及した。

「なぜ油性インクで塗り重ねる必要が？　ホワイトボードマーカーは指で擦っただけで消えたはずです。あのマーカーは擦るとインクが粉のようになって残る。修復したとき、私はその粉に気づきました。それに油性インクは子供の手が届きにくいはずの眼球の上の方にまで塗られていた。大人でも脚立を使わなければ難しい場所です」

寺の脚立がその前から壊れていたのなら、犯人は外からわざわざ足場となる物を持ち込まないといけない。犯人が寺の脚立を使ってから壊したと考える方が自然だ。

「あなたや住職に恨みのある人間が外から来て犯行に及ぶにしても、そんな回りくどいことをするでしょうか。すると、やはりあなたが何らかの意図を持って、自作自演で事件をでっちあげたと考えるしかなかったんです」

伊織の導いた答えが正しかったのだろう。友美は黙っていた。

「優愛ちゃんが気づくぐらいだから、墨を使ったのが海斗君だとあなたも気づいたはずですよね。家庭で起こった子供の悪戯を、外の人間にも疑いがかかるようにしたのはなぜです？　まさか麗香ちゃんを苦しめたかったわけではないでしょう？」

「そ、それは違います。そんな、いくらなんでも子供を相手に、そんなこと」

友美は勢いよく顔を上げて身を震わせた。

「私はただ……ヒロ君が……弘樹さんがどこまで親身になってくれるか、試したかったんです。私が被害者なら、ご近所の方にもあまり厳しい目を向けられないかと……私にはお不動さんよりもご近所の目の方が怖かった……」

結婚する前から、友美は実家に帰る度弘樹に会っていた。明るく社交的な弘樹となら会話が弾む。恋愛感情がなくなった分、高校時代より自然な関係になれたと感じる。男女の友情は成立しないという人もいるが、友美は弘樹を頼れる友人と思えた。

友美の夫は妻の男友達の話にいい顔はしなかったが、会うなとは言わなかった。穏やかで理解がある夫、友美はそう思っていた。変わったのは、海斗がドアに指を挟んでケガをしてからだ。夫は大切な息子にこれ以上ケガをさせまいと神経質になった。だが海斗は、言いつけ通りにじっとしていることができない。その度に夫は海斗を叱りつけた。見かねた友美は口走ってしまったのだ。弘樹ならもっとうまく海斗を諭すと。

それから夫は、海斗の父親は弘樹ではないかと言うようになった。海斗に手を上げることも増えた。友美は夫が海斗を傷つけることを恐れ、離婚した。

実家に出戻ってからも、今まで通り友人として弘樹に会った。何もやましいことはない。しかし、近所の人の目は厳しかった。配偶者がある異性と親密にするのは非常識だと後ろ指を指された。友美には弘樹しか頼れる人はいない。次第に寂しさが募り、弘樹への執着心が生まれた。その気持ちは、自分を見てほしいという恋愛感情に似ていた。

弘樹は、友美が甘えれば、のらりくらりと付き合ってくれる。だが、友美が望むような情を返してくれない。調子がいいだけで心が空っぽな気がした。おそらく弘樹は友美に対して恋愛感情も友情もない。軽く遊べて、娘の麗香を預けるのに都合がよい、そんな風に思っているのではないだろうか。

「お不動さんの目のことを相談しても、弘樹さんは子供のいたずらだと笑っただけでした。心配なんて一切してくれなくて空しかった……。自分のバカな行動を思い出してしまうから、お不動さんの顔も見たくなくて」

「それで仏像の顔の変更を依頼されたんですね」

「彼には責任がないから私にも子供たちにも調子よく、いいところだけ見せられるんだと思い知りました」

　あれ以来、友美は弘樹とは会っていないという。麗香も母親の実家にいるらしい。

「彼も奥さんのご実家の近くに引っ越すつもりだと思います。ご両親は亡くなってしまったし。最近村中家に不動産屋さんみたいな人が来ていたみたいです。噂好きな書道クラブのおばあちゃんが教えてくれました」。

　麿夢は海斗のことが心配になった。大人はそれぞれに気持ちを修正していくだろうが、子供は？　慕っていた人が突然いなくなったら不安になるのではないか。

「海斗君は、元気がなかったみたいでしたけど……」

　麿夢が口を挟むと、友美は渋い顔をした。

「何度ダメだと言ってもヒロ君に会いたいと言って、ひとりで家まで行ってるみたいです。でも、家には誰もいないらしくて。庭に忍び込もうとして塀から落ちて肩を打っちゃったんです」

「彼には納得がいく別れが必要かもしれませんね」

　伊織が静かに言った、そのとき、優愛が本堂に飛び込んできた。

「ママ、海斗がいないの。部屋に閉じこもってると思ってたら、靴がなくなってて。また麗香ちゃんのお家に行っちゃったのかも」

聞いていた通り、村中家は人の気配なく静まり返っていた。伊織は長身をいかして塀の内側を覗き見た。

「ここにはいなさそうですね」

届かないと思いつつ、磨夢もつられて背伸びしてしまった。肩車しましょうか？　という伊織の申し出は丁重にお断りする。

ふいと塀に留まったスズメが家の屋根に飛び移った。それを見て、突如磨夢は閃いた。

あ、もしかしたら、あそこかな――。

「優愛ちゃん、学校ってどこにあるの？」

「え？　私たちの？」

門扉の外から麗香の家の玄関を窺っていた優愛が不思議そうに磨夢を見返した。

その家は数カ月前まで老夫婦が暮らしていたそうだ。夫が亡くなり、残された妻も施設に入居して今は空き家になっている。ボロ家とまではいかないが、それなりに古い平屋だ。村中家のように高い塀で囲われておらず、家の様子は四方から観察できる。中に人の気配はなさそうだ。その家の隣に、出入り口の扉がないトタン小屋があった。

磨夢が小屋の中に歩を進めると、小さな黒い影が、磨夢が入ってきたのと反対側の壁にある穴からサッと出て行った。猫だ。

「おっと」と、磨夢が声を出すと、小屋の片隅でゲーム機の画面の明かりが揺らめいた。青いポリ容器を椅子にして腰かけていた海斗が磨夢の方を見ていた。

「野良ちゃん？」

「あ、ああ、海斗君。ゲームしてるんだ」

「……ママに言わないでよ。外にゲーム機持っていっちゃダメって言われてるから」

海斗はゲーム機の電源を切って足元に置いてあったトートバッグに入れた。磨夢は転がっていたミカン箱を海斗の傍に運んで座った。

「塀によじ登って落ちたんだって？」

「……そう。ママに聞いた？」

「うん。ヒロ君に会いたくて？」

海斗が答えなかったので磨夢は質問を変えた。

「なんでお不動さんの目に墨を付けたの？」

チラリと向けられた上目遣いに少し怯えたような色が見えた。

「仏師さん、怒ってた？」

「伊織さんが？　どうして？」

「なんとなく。本気で怒ったらめっちゃ怖そうだから、あの超カッコイイ顔。なんていうか、本当はお不動さんより怖い仏様みたいな」

「あはは。わかる？」

麿夢は堪え切れず声を上げて笑ってしまった。子供には伊織の内なる怒りを感じる力があるらしい。

なかなか笑いが止まらない麿夢を訝しげに横目で睨んで、海斗がぼそぼそ話し始めた。

「俺ね、ママとヒロ君の秘密見ちゃったの。チューしてた」

一気に麿夢の笑いは引っ込んだ。海斗は口を尖らせて続ける。

「ダメなことだと思った。だってヒロ君には麗香ちゃんのママがいるもん。だけど、俺はヒロ君と一緒にいたい。だから内緒にしておけばママとヒロ君が仲良くしていられるかなって。けど、お不動さんが見てたから」

「それで目を塗ったの？　見なかったことにしてって？　もう見ちゃったのに？」

「だってぇ」

「仏像には、仏様の魂が入ってて、目とか触ったら……仏様も痛いらしいよ。海斗君、怒られても仕方ないかも」

　少し意地悪なことを言った。海斗は「やっぱり……」と自分の肩を抱いて項垂れる。

「俺、麗香ちゃんを突き飛ばしたし、……お不動さんに怒られるのも、わかる。どうしても乱暴になっちゃう。だから、パパも俺のこと嫌いだったし」

　海斗は縫った痕が見られる指を一瞬だけ見て、拳を握った。嫌いじゃないよ、と父親の気持ちの代弁をするのはやめた。きっとまだ、心配し過ぎて叱ってしまった父親の気持ちはわからない。

「でも、海斗君は、ごめんねって、思ってるから、さっきみんなの前で、麗香ちゃんじゃなくて自分がお不動さんの目を墨で塗ったって、打ち明けたんでしょ？」

　麿夢は力なく頷く海斗の耳元に顔を寄せた。

「あのさ……、海斗君が秘密を教えてくれたから僕の秘密も教えようか。僕ね、本当は猫だったんだ。炬燵の猫」

　中途半端に顔を上げた海斗がちょっと怒ったような表情をした。ふざけているのかと怪しんでいる様子だ。麿夢は構わず話した。

「猫って、炬燵が大好きなんだよね。でも、伊織さんに炬燵を取り上げられちゃった。

不安で、伊織さんのこと鬼だと思った。でも外に連れ出してもらって、ようやく人間として生きられるようになってきたんだよね。今は伊織さんに感謝してるし、僕が伊織さんの役に立てることないかなって思ってる」

「猫の、恩返し？」

「ま、そんなとこかな。……炬燵は温かいけど、僕を強くはしてくれなかった。海斗君にとってヒロ君って、僕の炬燵に似てるかも」

「ヒロ君が炬燵？」

「うん。優しいけど海斗君を強くしてくれる人じゃない。お不動さんは海斗君に、ヒロ君から離れて行きなさいって言ってるんだと思うよ」

「そ、そんな……。もう会っちゃダメなの？」

海斗が殴られたみたいに傷ついた顔をした。けれど怯んではいられない。

「ヒロ君に何とかしてもらおうって思ってちゃダメだよ。ヒロ君は海斗君のための勇者でもスーパーヒーローでも、武士でもない」

「べ、別にいいよ、強くなくたって。俺は面白くて優しいヒロ君に会いたい！」

うわーっと叫び声を上げ、血管が切れるのではないかと思うくらい、こめかみに青筋を浮き上がらせて海斗は泣き出した。近づくだけで熱を感じるような大爆発だ。

どうしよう。話せば説得できると信じ込んでいたから、交渉決裂パターンに対応する策は用意していない。靨夢までパニックになりかけたとき、友美がロングスカートをたくし上げて駆け込んできた。

「海斗！　ごめんね。ママがバカだったの！　ママもヒロ君卒業する。ママ、強くなるから。ママはお友達のヒロ君より海斗と優愛が大事よ。ヒロ君がいなくても楽しくなるように頑張る！」

覆いかぶさるように海斗を抱き締める友美の顔は化粧が涙で滲んでドロドロだ。

海斗は友美の勢いに飲まれて泣きやんでいた。

「ママァ、……肩が痛い」

「しかし炬燵の猫は良かったですね。靨夢は人になったり、猫になったり、恋人になったり、忙しいですね」

帰り道、運転中の伊織がくすくすと笑いながら言う。

「恥ずかしいからいろいろ思い出させないでください」

「いや、頼もしかったですよ。『僕、海斗君と話してみます』なんて言い出すからびっくりしましたけど」

炬燵と一緒にされてはヒロ君もさすがに可哀想だと思うが、海斗が心の拠り所として執着し続けるのは見ていられなかった。あの人にはあの人の守るべきものがある。遅かれ早かれ、海斗から離れていく人だっただろうし。

伊織は赤信号で止まるタイミングで麿夢を見た。

「結局、人の付き合いとはバランスなんですよね。友情とか恋愛感情とか呼び名はさておき、互いに求めるレベルで情の交換ができているかどうか」

「……たしかに。感情が釣り合わなかったらどちらも苦しいですよね」

人間は様々な相手と、気持ちの強さや近づく距離を考えながら生きている。強く思い過ぎれば重いと言われるし、離れたいと思う相手が近づきたがることもあるし、その逆も。出会うすべての人とバランスよく付き合っていくのは難しい。ストーカーなんて、その不均衡の強烈なパターンといえるだろう。

麿夢は隣にある苦労の多そうな端整な顔を見返した。

目を合わせたタイミングで思い出したのか、伊織が「そういえば」と話を転じた。

「炬燵を取り上げられて、私が鬼に見えましたか」

麿夢はギクリと身を硬くする。にこやかに細められた伊織の目が怖い。

「と、取り上げられたときは、そりゃあ、鬼だと。でも、今は感謝してます。って言いましたよね？　伝わってませんか？　今はもう仏に見えてますから」

「本当は怖い仏様とも言っていましたね」

「そっ、それは海斗君ですよ。あ、でも、ときに心を鬼にできる仏って、明王を化身に持つ如来みたいなもんってことでしょう？　最高位の仏ですね！」

「また調子のいいことを言って」

長い指に額を弾かれた。

伊織と磨夢のバランスは今のところ飼い主と猫だろうか。友情とは、もちろん恋人とも、ちょっと違う。まあ、どんな形にせよ、バランスを崩したくないなと思う。長く交流を保っていきたい。そう思えるくらい、磨夢は伊織という人間に魅力を感じていた。

………第四章　恋する吉祥天と師匠の毘沙門天………

鑿と木槌が織りなす心地よい音が工房に鳴り響いている。

伊織は、材木から大まかに仏の形を彫り出す粗彫りという作業中だ。この段階は、「彫る」というより余分な部分を「削ぎ落とす」という言葉が合うかもしれない。大胆に鑿の刃を打って大きく材木の形を変えていく。伊織が刃を当てると木が勝手に割れていくように見える。材木の中にいる仏が自ら姿を現そうとしているように。

伊織の腕は、時に踊るようにしなやかに、時に空手の技を繰り出すように猛々しく、動く。眼差しは猛禽《もうきん》類のごとく鋭くなり、挑むような気迫が感じられる。日頃の柔和な三玉伊織でなく、仏師の三玉伊織。涼しげな外貌の内側にある熱が隠しきれずに迸《ほとばし》る瞬間。磨夢はこの姿に手を合わせたいような気分になる。

伊織は昼食後から三時間半ぶっ通しで黙々と作業を続けていた。仏の勇ましい立ち姿が大まかに浮かんできたところで、両腕に当たる部分を切り取った。いち段落着いたのか、大きく息を吐く。髪をオールバックにした額に玉のような汗が滲んでいる。磨夢は手ぬぐいを取って、伊織に差し出した。

「腕は、一度切っちゃうんですね」

磨夢が問いかけると、伊織は手ぬぐいを受け取りながら、「ええ」と頷く。

「仏手は印相《いんぞう》を示したり、持物《じもつ》が付いたり、作業が繊細になりますから。あ、印相とは」

言い掛けた伊織にストップをかけるように、磨夢は右の手のひらを伊織に向けた。

「これが施無畏印《せむいいん》、ですよね」

如来や菩薩の仏像によく見られる手の形だ。「恐がらなくてもいい、安心せよ」というメッセージが込められている。手のひらを正面に向けたまま指先を下へ垂らすと、与願印《よがんいん》、「願いを叶えますよ」という意味になる。

仏像が表している手の形を印相という。

印相には仏の役割を表すものがあり、見た目が似ている仏でも手を見るだけで区別できることがある。たとえば、親指と人差し指で輪を作るOKサインを来迎印《らいごういん》といい、これは極楽浄土へ迎え入れてくれるという阿弥陀如来特有のサインだ。仏像を知るには印相を覚えるといい、入門書にそう書いてあった。

伊織が片方の頬を持ち上げてニヤリと笑う。

「印相を覚えたんですね、磨夢。仏手は面白いでしょう?」

磨夢は、「ええ、まあ」と平静を装い応えた。内心は落ち着かない。やはり内緒で勉強していることに気付かれてしまったようだ。

一週間前、修復を終えた不動明王像を滋賀の常音院に届けた後のことだ。伊織がレンゲ荘の麿夢の部屋に来る機会があった。そのとき、図書館で借りた入門書『誰でもわかる、仏像基礎知識』を片付け忘れていた。さり気なく押し入れにしまったつもりだったが、バレバレだったようだ。こっそり勉強して驚かせようと思っていたのに。


伊織が麿夢の部屋に来たのは地蔵菩薩を見たいという顧客がいたからだ。

「寅姫《とらひめ》解体」という会社の社長、辻本寅太《つじもととらた》。牛のようにがっしりした固太りの中年男性で、祖父の一男とも交流があった人だ。黒野家の本宅の敷地に離れ家を建てた際、ケヤキの撤去で世話になったらしい。そのケヤキが仏像になったことを知り、ぜひ見たいと言ってきたのだ。辻本も自身の持つ土地に生えていたカヤの木で仏像を作りたいと考えているという。

辻本は麿夢の地蔵菩薩を見るなり、「ほほう」と唸った。

「立派なもんだ。ケヤキが仏になった。うちのカヤで毘沙門天はできるか？」

「ええ。太さも十分ですし、同じように一木造りで仕上げられると思います」

事前に木材の確認は済ませてあったようだ。伊織はしっかりと首肯した。辻本は地蔵菩薩から伊織に視線を移して問うた。

「お前さん、木の中に仏が見えることがあるんだろう？　うちのカヤはどうだ？」

「そうですね、トラがいるような雄々しい気配は感じました」

「それはよかった。毘沙門天は相応しいということだな。来年、会長が喜寿を迎え、会社は創立五十周年だ。その記念として毘沙門天を彫ってもらいたい。来年の今頃に式典を開く予定だが、それに間に合うか？」

「一年頂けるなら十分に」

辻本は、そのまま麿夢の部屋で正式に伊織に仏像制作の依頼をして帰っていった。

「あのとき、聞きそびれちゃったんですけど、どうしてトラなら毘沙門天が相応しいんですか？」

麿夢が質問すると、伊織は目を輝かせて意気揚々と教えてくれる。

「仏教を広めた聖徳太子にまつわる言い伝えによるものです。仏教が伝来した当初、仏教排斥派と太子一派の間で戦が起きました。聖徳太子が戦勝を祈願したところ、寅年、寅の日、寅の刻に毘沙門天が現れて、勝利に導いてくださったと。寅の日は毘沙門天の縁日で、願い事が叶う日とされているんですよ。宝くじ売り場に『今日は寅の日』なんて書いてあることもありますね」

「それで、会社が『寅姫解体』ならバッチリですね」

「ええ。社長のお母様である会長が寅恵《とらえ》さんというお名前だそうです」

「な、なるほど……それで、寅、姫、ですか……強そう……」

「毘沙門天のご利益は財運と勝運。大変人気がある仏です。叔父も、昌運と名乗るだけあって、よく毘沙門天像の制作依頼を受けていました」

「あ……伊織さんもその像を捜しているんですよね……」

「ええ。あれは叔父が若い頃、初めての個展に出すために彫ったものです。御霊が入っていなくても息遣いが聞こえるような躍動感がある仏です。叔父も気に入っていて、度々個展に出していました。あれは私に譲ってくれると約束してくれていたのですが」

それが奔放な叔母の莉菜子によって勝手に売られてしまったと彫刻教室の生徒は話していた。伊織の前で莉菜子の話をするのはタブーのようで、あれ以来、誰も莉菜子の話題を出さないので詳しいことはわからない。伊織に直接聞く勇気もなかった。

伊織は壁に貼った毘沙門天像の図面を見やった。

「毘沙門天は腰を少し捻った立ち姿がいいですよね。踏んでいる邪鬼も愛嬌ありますし」

図案は伊織が辻本の意向をよく聞いたうえで描いたものだ。トラの顔をあしらった勇ましい甲冑を纏い、右手で小さな塔の形をした宝塔を掲げ、左手に宝棒《ほうぼう》という細長い武器を持っている。台座になっているのが邪鬼らしい。

磨夢は宝塔を指差した。

「毘沙門天像って必ずこれを持ってますよね……中には何が？」

「釈迦の骨や法典、財宝が入っていると言われていますが……字の通り、宝が入った塔、と考えればいいと思います。手を合わせる人によって宝は変わるでしょう。他にも宝塔を持つ菩薩像もありますが、やはり宝塔といえば毘沙門天が思い浮かびますね」

「印相も面白いけど、仏の持ち物も面白いですね」

「磨夢、次は仏手を彫ったらどうですか？　ヨシ乃さんの懐仏は完成したのでしょう？」

「……え、ええ」

磨夢は懐仏が入っている作務衣のポケットにそっと触れた。このところ、この仏をここに入れて持ち歩いている。

「仏像彫刻を本気でするなら、手や頭など部分的な練習や地紋と言って、模様を彫る練習をするのがお勧めですよ、磨夢」

「ううん」と答えに詰まる。仏像彫刻は嫌いではない。だが、深く踏み込むには迷いがあった。仏師になりたいかと問われると、それほど強い思いがあるとも言いづらい。今はただ、伊織が見せてくれる仏像の世界に身を置いていたい、とでも言おうか……。

結局、麿夢には相変わらず先のことが見えていないのだ。

伊織が理解したように頷いた。

「無理に勧めているのではないですよ、麿夢。他にやりたいことがあるならそれをしなさい。何をしたいのか思いついていないのなら、仏を彫りながら考えるのも悪くないでしょう。焦っても仕方がない。君はようやく人の世に慣れてきたところですから」

「何か探したいとは思うんですけど……。すみません、甘えてばっかで」

「いいですよ、今は。いつか猫の恩返しをしてくれるんでしょう？」

悪戯っぽく目を眇められて、ぎくりと肩を竦める。

「も、もちろん、そのつもりです」

いつ、どんな恩返しができるのか、まったく見えていないが麿夢の気持ちに嘘はない。

伊織が立ち上がり、目顔で麿夢を誘った。

「とりあえず、私のために美味《おい》しいお茶を淹れられるようになってもらいましょうか」

「え？　僕が伊織さんのお茶を？」

「ええ。教えますから、覚えてください」

「は、はい。お願いします！」

伊織はよほど信頼している人が出したものしか口にしない。知り合ってからのこの一カ月半近くの間に、伊織自身が調理したもの以外で食べたのは足立の料理だけだ。磨夢には水一杯すら注がせなかった。顧客の家で出されたお茶や彫刻教室の生徒が持ってくる菓子に、伊織は一切手を出さない。毒でも盛られた経験があるのかと疑うほど警戒している。その伊織が磨夢にお茶を淹れさせようとするなんて。信頼してくれるようになったということか。

キッチンに向かう伊織の背中を追いかけながら磨夢の頬が緩んだ。だが。

「磨夢、いいですか、お茶は湯の温度が大切です。まずそれぞれの茶葉にあったお湯の温度を覚えて下さい。今日は煎茶を……あ、磨夢、それは紅茶用のポットです」

手近にあった磁器製の白いティーポットに伸ばしかけていた手を引っ込める。こだわりが強い伊織のお茶係はなかなか大変そうだ、ということに今さら思い至りたじろぐ。

伊織がじろりと磨夢を一瞥した。

「お湯を沸かしたことくらいありますね？」

「え、ええ、もちろん、それくらいは」

「では、料理をしたことは？」

「カップ麺なら」

「それは料理と言いません。……君は一男さんとヨシ乃さんに相当甘えてきましたね」

「……すみません」

「おふたりに感謝なさい。……そういえば、ヨシ乃さん来週あたり退院ですよね。その前に懐仏を届けてあげた方がいいでしょう。せっかく作ったのですから」

看護師の多田が伊織に興味を持っていると知ってから病院に行けていなかった。もう十日近く経つだろうか。

「伊織さんはまだ行かない方が……行くなら、僕はバスと……電車に、乗って……」

「磨夢がひとりで？　少し遠いですよ」

バスと電車で四十分。けして遠くない。ただ、行動範囲が限られていたひきこもりには遠い、ということだ。だが、磨夢にとって問題は距離ではない。

電車に乗れないことは伊織に話していなかった。電車が怖い。電車という単語を口にするだけで動悸がする。しかし、いつまでも逃げてばかりもいられない。

「近々……挑戦できたら、してみます」

磨夢が弱々しい宣言をしたとき、固定電話が鳴った。ワイヤレスの受話器のディスプレイ表示は『未登録』。登録されていない電話は取らない決まりになっているので無視だ。

それにしても、このところ未登録の電話が増えている。

「またですか？」

伊織の声音に微かな緊張が漂う。

無機質なコール音が切れると、今度はテーブルの上で伊織のスマホが鳴った。伊織と磨夢は再び身構えた。画面の表示は『足立』だ。伊織はホッと息を吐いて、スマホの画面をスライドさせ、スピーカー通話に切り替えた。足立の声が聞こえてくる。

『あ、伊織？　あのさっ、あ、ちょ、ちょっと、待って下さ……あっ』

何やら電話口で足立が慌てている。ガサガサとスピーカーに何かが擦れるような音がして、足立の声が聞こえなくなった。

「え？　足立さん？　……大丈夫ですか？」

磨夢が問いかけた瞬間、

『あなた！　あなたが三玉莉菜子の関係者ね！　話があるから出て来なさい』

電話口から年配の女性の叫び声が飛び出した。

『カフェ庵《あん》』は木像二階建ての町家だ。京都の西の端を南北に延びる大通りに面してい て、高層マンションと商業ビルの狭間に挟まるようにして建っている。一階にキッチンとテイクアウト用スペースを兼ねたカウンター席があり、二階に座席数三十ほどのテーブル席がある。二階のフロアは半分に分けられるようになっていて、伊織は月に二回金曜日に彫刻教室でここの奥半分を借りている。

今日は彫刻教室の日でもないのに、伊織と麿夢はこの場所にきていた。普段十五人で使っている空間にたった三人。それでも空気が薄いような息苦しさを感じてしまうのは、スマホ越しに怒声を響かせた相手がテーブルの向かい側に座っているせいだ。

「大門菊枝《だいもんきくえ》と申します」

色白の顔に淡いピンクのセーターが映える御婦人だ。うっすら紫色に染めた白髪が小粋だが、年齢はヨシ乃と同じくらい、七十代中頃だろうか。

伊織が自己紹介して、隣の麿夢を助手だと説明した。静かに頷いている菊枝の態度に、麿夢は、おや？ と思う。相当の剣幕を覚悟してきたのに、菊枝は怒りというよりも困惑している様子だ。菩薩のような顔を前にして、毒気を抜かれたのだろうか。

伊織は顎を引き、菊枝を見据えた。

「叔母が大変失礼なことをしたそうで、申し訳ありません」

菊枝は深く頭を下げる伊織を制した。

「も、もういいの。ごめんなさいね。あ、あなたに言うことじゃなかったわ。さっき、こちらのオーナーに聞きました。……叔父さんが入院されて、あなたも大変だったのね」

伊織と麿夢がここへ来るまでに、足立が話をして菊枝の怒りを落ち着けてくれていたようだ。

伊織は少しだけ肩の力を抜いて、しかし、神妙な顔は崩さず菊枝に言った。

「叔母がご主人に押し売りした昌運の仏像は、私が責任もって買い取らせていただきますのでご安心ください」

「その件ですけど、……実は先日、仏像は古美術商と夫の趣味のお仲間に買い取ってもらったの。私が莉菜子という人の存在に気付いたのは、その後よ」

「では、もう叔父の仏像は大門さんのお手元にない、ということですか……」

菊枝の夫は三年前に心筋梗塞で急死したそうだ。体調を崩しやすい菊枝に比べて活動的な人で、寺院巡りのサークルに参加して趣味を楽しんでいた最中だったという。

「夫が亡くなる二年前に私が乳癌の手術をしたの。だから夫が先に亡くなるとは思ってもみなかったわ。私が落ち込んでるっていうのに、夫は寺院巡りの趣味に加えて仏像収集をはじめて。気づいたら家に八体も仏像があったの。本人はサークルのお友達にもらったなんて嘘ついてたけど」

亡くなる前のおよそ一年の間に、夫の銀行通帳から八百万ほどのお金が下ろされていたという。仏像の購入以外にお金を使った形跡はなかったそうだ。三年経った今年、菊枝は家の改修を機に仏像を処分することにした。古美術商の買取価格は八百万円をはるかに下回った。古美術商は夫が悪徳業者にふっかけられたのだろうと言ったらしい。仏像八体で八百万円なら単純に一体が百万円だ。個人の顧客だと、伊織のフルオーダーメイドでもそれほど高級なものは滅多に出ない。金箔でも貼らない限りは。

仏像を手放した後、菊枝は手紙や写真の整理をしていて、夫が三玉莉菜子という人物から仏像を買っていたことを知った。

「これを見て」

菊枝が黒いハンドバッグから取り出したのは二通の封筒だった。どちらも差出人は三玉莉菜子だ。中身の便箋がテーブルの上に広げられると、伊織の顔が強張った。媚びたような丸みのある筆跡が綴るのは、二通とも仏像の購入のお礼状だった。口語体の交じった親しげな文章が軽薄さを感じさせる。夫が若い女にほだされて高い仏像を買わされたと、菊枝が感じてしまうのも無理はなかった。

伊織は読み終えた手紙をテーブルの上に戻して、菊枝に向かってまた深く頭を下げた。伊織の頬がいつになく紅潮している。珍しいな、と横目で観察して、麿夢は伊織の肌に斑な赤い湿疹が浮かんでいることに気付いた。精神的なダメージの表れか。

菊枝は小さく息を吐いた。

「夫が若い女に鼻の下を伸ばして大金を使ったと知って、裏切られたみたいな気持ちになって……ついカッとなったの。恥ずかしいわ。冷静になってみれば、ひとつくらい仏像を取っておけばよかったと思ってるのよ。素晴らしい彫刻だったから」

「あの……」と麿夢は口を挟んだ。「ご主人が所有していた八体の仏像が何だったか、覚えてらっしゃいますか？」

伊織が探している毘沙門天像があったのではないか。気持ちが逸《はや》る。

菊枝は顎に手を当てて首を傾けた。

「そうねえ、仏様の名前はうろ覚えで自信がないんだけど……薬師三尊像っていうの？　薬壺《やっこ》を持ったお薬師さんと、両脇の……なんて言ったかしら……」

「月光《がっこう》菩薩と日光菩薩、ですね」と伊織が補う。菊枝は頷いた。

「そうそう。その三つと、それから釈迦三尊像。お釈迦様と、脇にいるのが……あ、お釈迦様の脇侍《わきじ》が珍しいって、古美術商の人が言ってたわ」

ふと伊織の瞳が光った。

「薬王《やくおう》菩薩と薬上《やくじょう》菩薩ではありませんか？　叔父がその釈迦三尊像を彫っていたのをよく覚えています。あまり見ない仏なので。現代では釈迦如来の脇侍といえば、普賢《ふげん》菩薩と文殊《もんじゅ》菩薩の二尊、または、帝釈天と梵天の二尊が多いですから」

薬王菩薩と薬上菩薩は、飛鳥時代、仏像が大陸から伝わってきた初期のころに釈迦如来の脇侍として置かれた仏だという。

「たしかそんな名前だったわ」と、感心した様子で菊枝が盛んに首を縦に振る。

そういえば、仏手や持ち物だけでなく、脇侍もまた仏像の区別をする手掛かりになると入門書にも書かれていた。

麿夢はこの調子で伊織にいつもの饒舌が戻ることを期待した。が。伊織は何か気になることに思い至ったようで、額を押さえて眉根を寄せた。ぼそぼそと口先で何かを呟いた後、今度は目を見開いて顔を上げた。

「大門さん、もしかして、残りふたつの仏像は、軍荼利《ぐんだり》明王と毘沙門天ではないですか？　軍荼利明王は一面八臂、それぞれの腕に蛇を巻きつけた三つ目の明王です」

問われた菊枝は、「ああ、そうよ」と手を打った。

「たくさんの腕に蛇が付いた明王さん。よくわかったわね。それから毘沙門天もあった」

麿夢は毘沙門天の名が出てきたことに内心震えた。ビンゴか？　窺うように隣を見ると。伊織の顔には興奮ではなく安堵があった。

「大門さん、ご主人は奥様を裏切ってなどいません」

「……どうして、そう言い切れるの？」

「仏像の購入はあなたのことを考えた結果だとわかったからです。寺院巡りを趣味にされていたご主人は、やはり仏像に詳しいですね。ご主人が購入されたのは、すべて病気平癒を願う仏ばかりです」

「毘沙門天は勝運と財宝の神様って言わない？」

「ええ。病気に打ち勝つという願いを込めて祈る人も多いんですよ」

「へえ……それにしても高い願掛けねえ。それなら、もっと一緒に旅行に行くとか、美味しいもの食べに行くとか、お金の使い方があったでしょうに……あ」

伊織と麿夢は言葉を詰まらせた菊枝に注目した。

「……行けなかったんだわ……」

菊枝はポツリと呟いた。そして、忘れていた記憶を繋ぐように続けた。

「私、乳房を取ってから長いこと落ち込んで……旅行なんか行きたくないって言ったの。何を食べても美味しいと思えなくて、外食も……」

病気で心を弱くした妻を見て夫はただ祈ることしかできなかった。寺院巡りの趣味も、どこにも行きたがらない妻のために、代わりに願掛けしていたのかもしれない。

麿夢は自室にある地蔵菩薩像が意外と癒しになっていることに思い当たった。菊枝の夫も仏像を家に置くことで身近に拠り所を得たいと思ったのではないか。

「ご主人は奥さんを思って……仏像の金額なんか気にしてなかったのかも……」

「そこに叔母が、あざとくつけ込んだのかもしれません」

伏し目になる伊織に、菊枝は苦笑いして首を横に振った。

「お人よしなのよ。まったく困った人。人のことを祈って自分が死んじゃったらダメじゃない。文句のひとつも言えやしないわ。……でも、本当に……ひとつくらい仏像を残しておけばよかったわ。全部持って行ってもらっちゃった」

「持って行ったということは出張買取ですか？　いつ頃ですか？　一週間経ちますか？」

伊織が前のめりになって矢継ぎ早に質問したので、菊枝は少々驚いた顔をして答えた。

「え、ええ、うちに来てもらったの。私には運べないから。まだ一週間も経ってないわ」

「でしたら返してもらえるはずです。伝票は取ってありますね？」

「あるわ、それじゃ毘沙門天以外の仏様は返してもらえるのね」

麿夢は思わず立ち上がり、菊枝をさらに驚かせた。

「び、毘沙門天像は、どこに？」

「この吉祥天《きちじょうてん》像は昌運さんの個展で一目ぼれしたんだよね」

笠原譲《かさはらゆずる》は、中国の貴婦人風の華やかな仏像を示して言った。年は五十代後半ぐらい。白の割合が多い胡麻塩頭。中年太りの体に毛玉だらけの白いセーターを着た姿がなんとなくおにぎりを思い出させる。大門菊枝が毘沙門天像を譲った相手だ。昨日、菊枝に連絡をとってもらったところ、笠原が仕事から帰る十八時に自宅に訪ねてくるよう言ってくれたのだ。彼はもともと昌運の顧客だったらしい。

「伊織君と呼んでいいかな？　君が彫った釈迦如来像もあるよ。ほら、これも何度目かの昌運さんの個展で買わせてもらった……といっても、君は、未熟だからと遠慮して、ほぼ材料代ぐらいの値段で譲ってくれた。もっと自信を持っていいのに」

笠原の馴れ馴れしさが少々鼻につくが、伊織は不快ではなさそうだ。懐かしげに棚の上の釈迦如来像に見入っている。磨夢も横から覗き込む。小さいながら細工が巧妙な像だ。粒のそろった螺髪が美しい。材料代だけで譲るなんてもったいないなと考えながら、はたと思い出した。伊織は昌運に遠慮して、自分の仏像に思うような値段を付けられなかったのではないだろうか。

「大事にしてくださっていたんですね、笠原さん」

「もちろん。僕は仏像の保管にもちゃんと気を遣っているからね」

笠原は、湿度管理や日光対策をげんなりするほど説明した後、伊織に言った。

「伊織君の仏像は繊細なのに力強い。どこか君自身に似ていて見過ごせない魅力がある。ぜひまた個展をやるときには声をかけてよ」

「最近はご依頼いただいたものしか彫れていないんです」

「もったいない！　君はもっと世に出ていい。また恋に落ちるような仏を見せてよ。僕が仏像を買うのは恋に落ちたときなんだ。ここの仏像はすべて恋人。一番のお気に入りが昌運作の吉祥天。なんとも言えない女性的な艶があって、たまらないでしょう？」

笠原がグフフフと不気味な笑い声を漏らし、同意を求めるように見てくる。磨夢は頬を引きつらせ無理やり笑顔を作った。

伊織が吉祥天像に触れてもいいかと確認すると、笠原は白い手袋を出した。素手で触ってはいけないらしい。伊織は他人の手袋にいささか躊躇したようだが、それを付けて吉祥天像と毘沙門天像を順に手に取った。感慨のこもった瞳だ。昌運との楽しい思い出を語るときに見せる、もの柔らかな表情をしている。

伊織が仏像を見ている間に、笠原が慣れない手つきでお茶を運んできた。

「さぁさ、立ち話もなんだから、どうぞ座って。汚いところだけど」

勧められた黒革のソファは年季が入っていて汚いというよりくたびれている。色褪せたペルシャ絨毯とベルベット調の赤紫色のカーテンも時代錯誤な感じだ。その中で部屋の中央の壁際にある重厚な飾り棚が、俗世に突如現れた神聖な須弥山のごとく異彩を放っていた。そこに大きさも種類も時代も作風もまちまちな仏像が三、四十体ほど並ぶ。仏像好きが厳選して集めただけあって、どの仏も息遣いが聞こえてきそうな存在感がある。真ん中にあるのが昌運作の吉祥天像と毘沙門天像だ。

笠原は所有する仏像たちとの出会いや、魅力について、恋愛話でもするように熱く語った。伊織の蘊蓄と違い個人的な話なので、聞かされるのはかなりの苦行だ。普段聞いてくれる人はいないのだろう。ここぞとばかりに喋った。

笠原がひと息ついたところで、伊織がついに切り出した。

「大門さんから毘沙門天を引き取られたそうですね」

「うん、そうなんだ。吉祥天には毘沙門天。ひとりの仏師が同時期に作ったものだから特にしっくりくるね」

磨夢が理解できていないのを悟った伊織が補足する。

「吉祥天と毘沙門天は夫婦なんです」

「夫婦……へえ、結婚してる仏さんがいるんだ」

「おや、お弟子さんは仏像に詳しくないんだね」

弟子じゃなくて助手です。と言い換える隙もなく、笠原は吉祥天について語り始めた。

吉祥天は古代インドの美と幸福の女神が仏教に取り入れられたものだ。中国風の優雅な衣装を着て、左手に宝珠を持つ。右手は指先を下に向けて手のひらを見せる与願印。「願いを叶えますよ」とその印相を前にさし出している。平安貴族を中心に広まり七福神の一尊とされたが、後に弁天にその座を奪われた。毘沙門天と吉祥天の子供である善《ぜん》膩師童子《にしどうじ》を加えて三尊像になることもあるそうだ。

子供までいると知って麿夢はまた「へえ」と言ってしまった。笠原は笑顔で続ける。

「毘沙門天の三尊像のご利益は家庭円満。仏像を愛し過ぎて離婚した僕には関係ないけど。ははは。でも大門さんが手放すなら、この毘沙門天像はぜひ欲しいと思って。個展で見たときに吉祥天と一緒に引き取りたかったけど、あのときはお金がなかったから」

「なぜ大門さんがこの像を所有しているとご存じだったんですか?」

「ああ、それは僕が莉菜子さんに大門さんを紹介したからね」

不意打ちで禁句が飛び出し、麿夢は目をしばたたかせた。隣で伊織がゆっくりと大きな瞬きをした。笠原は吉祥天を眺めて語った。

「莉菜子さんが突然仏像を買ってほしいと言ってきたの。お金に困ってたのかな。昌運さんがあんなことになる前だよ。その頃僕は母の介護と仕事で忙しくて、あんまり詳しく話を聞いてあげられなくてね。代わりにサークル仲間を何人か紹介したんだ」

それで大門が毘沙門天像を含め八体の仏像を買ったことを聞いたという。

伊織は相づちを打ちながら首元を押さえた。よく見ると伊織の肌がブツブツと赤く盛り上がっている。おそらくストレス性の蕁麻疹だ。原因は莉菜子で間違いない。痒みがありそうだが、伊織は表情に出さず耐えている。

「叔母から、よく連絡が？」

「いいや、あの一度だけ。僕は頼れない男だと諦められちゃったんだろうなあ」

「大門菊枝さんのご主人以外にも、叔母から仏像を買ったお仲間がいますか？」

「いや。寺院巡りの仲間だからね、皆、家に仏像を置きたいわけじゃないって断っちゃったみたい。紹介して悪かったかな。そういえば、莉菜子さんはどうしてるの？」

不意に問われて、伊織が息を呑んだのがわかった。

「……叔母は、アルコール依存症で関東の施設に、今もおそらく……。すみません、叔父が入院してから、会っていませんので詳しく知らないんです」

「依存症か。たしかに、ちょっと不安定な感じはしたね。まあ、昌運さんと離婚したならもう彼女は他人だもん、君が知ってるわけないよね。ごめんね、変なこと聞いちゃって」

まだ昌運は離婚していないはずだが伊織は訂正しなかった。黙って頰の湿疹を手の甲で押さえている。笠原は伊織が気分を悪くしていることに気づかず、なおも吉祥天像をうっとりと見つめて言った。

「この吉祥天、莉菜子さんに似てない？　昌運さんは彼女のこと本当に好きで、執着し過ぎたんだろうね。夫婦喧嘩の末に自殺未遂しちゃうなんて。そういう話を聞くと、僕はもうますます生身の女の人より仏像がいいと思っちゃうよ」

麿夢の脳内で、のっぺらぼうだった莉菜子の顔が吉祥天に置き換わった。やや吊り目の妖艶な美女だ。願いを叶えましょうと手のひらを差し出し、うっすらと微笑んでいた。

「あれは捜してた像じゃなかったんですか？」

笠原の家を辞して車を停めたコインパーキングへ向かう途中、麿夢は前を歩く伊織に声を掛けた。例のごとく歩幅の問題で麿夢が遅れる。伊織に並ぼうとすると競歩のような歩き方になってしまう。伊織はそんな麿夢の動きを楽しんでいる節があり、少しも歩調を緩めようとしない。イケズだ。

「ええ。あれですよ」と伊織はさらりと言う。麿夢は走って伊織の前に回り込んだ。

「い、いいんですか？　返してもらわなくて」

街灯に照らされた伊織の顔には、もう湿疹は見られない。いつも通りの仏のような穏やかな表情だ。伊織は再び歩き始めた。今度は麿夢と並んで歩調を合わせてくれている。

「あの像はあそこにあるべきだと思いましたので。笠原さんなら大切にしてくれます。それに、彼から――いや、あの吉祥天から引き離すのは心苦しいですしね。……夫婦を裂くのはよくない」

「夫婦……。まあ、そうかもしれませんね。にしても、笠原さんの吉祥天愛はちょっと怖いですよね」

ゲームやアニメのキャラクターと二次元恋愛、二次元結婚する人もいると聞く。どんな分野でもマニアの執着心は、はたから見ると理解しがたいものだ。

「ふふ。吉祥天像に恋する男の話は仏教説話集にもありますよ。吉祥天を抱く夢を見て、目覚めると吉祥天像の衣にいかがわしい汚れが付いていたというものなんですが」

「うげえ、気持ち悪……。その説話、何を伝えたいんですか？」

「願いを聞き入れた吉祥天の慈悲深さ、仏に欲情した男の愚かさ。という解説を読んだことがあります」

「人間だけが悪いことになるんですね」

「私もそれはおかしいと思います。仏が応じなければ男は罪を犯さなかったですし、仏の方から近付いてきたなら男は逃げられなかったのではないかと」

「吉祥天が迫るなんて……でも、男が被害者っていう可能性もありますね……」

　麿夢は満員電車で痴漢被害に遭ったことがある。信じてもらえそうになくて誰にも言えなかったが、加害者は女だった。もしかして伊織にもそういう経験があるのだろうか。男を庇う口調や表情は、心から哀れんでいるように思えた。

「もともと吉祥天は幸と不幸を併せ持つ仏なんですよ。黒闇天《こくあんてん》という疫病神の妹が常に一緒にいて、幸を求めれば不幸も訪れるとされています」

「や、やっぱり怖い、です、吉祥天」

「ええ。私も、苦手です」

　伊織は吐き気を堪えるようにして口を手で押さえていた。指が小刻みに震えている。これはもう、苦手というレベルではなく嫌悪だ。首にまた斑な赤みが出ていた。

「――伊織さん、その蕁麻疹、莉菜子さんの話になると出ますね」

　思い切って指摘すると伊織の頬がピクリと動いた。そして。観念したように白状した。

「その名を聞くだけで全身が痒くなります。あの吉祥天像の顔は、たしかに叔父が叔母をモデルにして彫り直したんです。……そうです、叔母ですよ。私のトラウマ、命の危険を感じさせられたストーカーです」

愛車を走らせながら、伊織は莉菜子と昌運のことを話してくれた。

大学生の伊織が昌運の工房に通いはじめたとき、昌運は三十六歳。ひと回り以上年下の妻、莉菜子と結婚して二年目だった。大学卒業と同時に家庭に入った莉菜子は、社会経験が少ないせいか、少々幼い雰囲気だった。家事全般が苦手でできた嫁とは言い難い。だが、ふんわりとした女性らしい見た目と頼りなげなところが、昌運の庇護欲を刺激したようだ。伊織は度々昌運の自宅に招かれ、仲睦まじく寄り添うふたりの姿を微笑ましく見ていた。

伊織が大学を卒業して正式に昌運に弟子入りし、ふたりの関係は叔父と甥ではなく、かしこまった師弟関係に変化した。伊織が昌運の自宅を訪れる機会も減った。莉菜子の様子が不穏になったのはその頃からだ。伊織しかいないときを見計らって工房にやってきたり、伊織がひとりで暮らすマンションの前で待ち伏せしたりして、伊織につきまとうようになった。どこに莉菜子が潜んでいるか、伊織はいつも気が気ではなかった。

麿夢は少しだけ莉菜子に同情する。多くの人は伊織を前にすると珍しい花を見るように目を止め、酔ったようにうっとりする。そんな人が身近にいれば、若い莉菜子が心を揺さぶられるのは無理もない。もちろん配偶者がある身で気移りは許されないが。

「私は叔母から逃げ回っていました。身内のことなので警察に相談するわけにはいきません。叔父にも黙っていました。叔父を苦しめたくなかったんです」

伊織は密かに引っ越しをして、莉菜子に転居先を知られないように、わざわざ遠回りして工房に通った。しかし、莉菜子は伊織に避けられれば避けられるほど、執着心を強めていく。やがて脅迫めいた手紙が伊織の親しい人たちに届くようになり、皆怖がって伊織から離れていった。

残ったのは足立だけだった。莉菜子が伊織の住まいを探して足立につきまとい始め、伊織はとうとう昌運に打ち明けた。莉菜子が足立を傷つけるのを恐れたのだ。

「最初、叔父は信じませんでした。私が叔母を誘ったのではないかと疑いもしました。叔父も辛かったと思います。叔母と私との板挟みで。真実を確かめようとした叔父は、叔母と言い合いになり……結末は靨夢も知っての通りです」

伊織は昌運の自殺未遂は自分のせいだと言っていた。原因は複数あると言っていたが、これが最も大きな原因のようだ。伊織に非はない。とはいえ、責任を感じるのはわかる。

「じゃあ、さっき言ってたアルコール依存症の施設にいるという話は？」

「実際は関東にある精神障害のグループホームでストーカー治療プログラムを受けています。私の父が強制的にそこに入れるように手配しました」

伊織の父親は、国内大手の製薬会社の中でも五本の指に入る天下の三玉製薬の社長だ。

「それなら、安心じゃないですか」

「簡単には出られないはずですが……。このところ未登録の電話番号のアクセスが増えたので気になっています。叔母が自由になるには、まず協力者が必要なんですが……」

莉菜子は施設に入る前にスマホや自由に使えるお金を取り上げられているらしい。

「もしかして、笠原さんに莉菜子さんのことを聞いたのは――」

「ええ。叔母が彼を頼る可能性があるかを考えたんです。それはなさそうですね。彼にとって仏像より大切なものはない。ですが、叔母が他にどんな人脈を持っているかわかりませんから、警戒しておかないと」

「あの、……治療で更生したってことないですかね？」

「簡単に治まるとは思えません。手に入れるためなら刃物でも薬でも使う、あの常軌を逸した激情が」

「薬？」

伊織の眉間に深い皺が寄った。端整な顔に散った朱色の湿疹が痛々しい。伊織は言おうか言うまいか迷っているようだった。一旦唇を湿らせるように嚙んでから口を開いた。

「お茶に睡眠薬を入れられました……あのとき、足立が助けに来てくれなかったら――」

赤信号で車を止めると、伊織は頰の赤みを手の甲で冷やすような仕草をした。

眠った伊織に莉菜子が何をしようとしたのか。伊織は話さなかったし、磨夢も聞けなかった。聞いても磨夢には受け止められない予感もした。

「叔父の傍らで笑っていた叔母が、みるみる恐ろしいものに変わっていきました。私がいなければ……私に執着しなければ、あんな風にはならなかったでしょう。叔父の家庭が壊れることも。夫婦を裂く前に、私が叔父の下を去るべきだったんですよ」

「そんな……伊織さんは、悪くない、です」

伊織はいつだって最終的には周りを責めずに自分を責める。嫌悪している莉菜子のことすら庇う。

磨夢は伊織をトラウマから逃げずに立ち直った強い人だと思っていた。実際はまだ立ち直れてなどいない。時日を経ても苦痛を感じていて、それに耐えながら立ち向かっている人だった。

伊織の痛みはどうしたら癒えるだろう。磨夢は自分のトラウマの克服もできないくせに、伊織を救いたいなどと大それたことを思った。磨夢の中に妙な使命感が育っていた。

笠原の家を訪問した日から二日経った金曜日、事件が起こった。パニック状態の笠原から、『吉祥天が壊された』と電話がかかってきたのだ。伊織と磨夢は彫刻教室のためカフェ庵に向かっているところだった。時刻は授業開始時間の十八時半より二時間早い十六時半。スマホのスピーカーを通して笠原の喚き声が車中に響いた。

笠原の支離滅裂な話をざっくりまとめると、自宅に空き巣が入って仏像コレクションも被害を受けたということだ。リビングの窓が割られ、二十万円ほどのタンス預金と毘沙門天像が盗まれたらしい。警察の事情聴取や指紋の採取が終わったタイミングで伊織に電話したようだ。

『仏像の棚がぐちゃぐちゃで、き、吉祥天が、倒れて割れちゃって、毘沙門天がなくなっちゃった。現金だけ、持っていけばいいのに』

伊織は泣きじゃくる笠原を宥め、吉祥天像は必ず修復すると言った。彫刻教室の帰りに寄ることを約束して電話を切った。静かになった車内で、伊織がそっと息を漏らす。

大人がオイオイと声を上げて泣く様子にはびっくりしたが、あれほど愛してやまない仏像が被害に遭ったのではショックだろう。

「気の毒ですね、笠原さん」

磨夢が呟くと、伊織も神妙な面持ちで視線をやや落とした。

「彼にとって仏のコレクションは心の支えですからね」

「空き巣ってどういう基準で侵入する家を決めるのかな……」

「入りやすいから入ったのか、最初から笠原家が狙いだったのか、どちらでしょうね」

「え？　わざわざあの家を狙いますかね。見た感じ取る物がなさそうじゃないですか」

「何気に失礼ですね、麿夢」

伊織が苦笑した。

「すみません……。けど、外観も古いし、そんなにお金持ちの家には見えませんよね。もしかして、タンス預金があることを知られてたのかな……」

「狙ったのが毘沙門天像だったとしたら？」

まさか。冗談かと思ったが、伊織の眼差しが真剣だったので麿夢は何も言えなかった。

麿夢が彫った下手くそな手のひら地蔵が盗られる世の中だ。何が狙われるかわからない。とはいえ、わざわざ個人宅に侵入して、時代物でもないインテリア仏像を盗むとは。しかも一番高価そうに見える吉祥天像を置いて……いや、持って行こうとして落として破損させたということも考えられるか。

麿夢がとりとめもなく考えていると、伊織がいわくありげな一言をこぼした。

「狙いが毘沙門天像なら、申し訳ないですね……」

「よお、お疲れ」

カフェ庵のガラスの扉を開けると、正面のカウンター内に足立がいた。伊織は施無畏印のように片手を上げて応えた。麿夢はその横からひょっこりと顔を覗かせて会釈した。一階のフロアに伊織と麿夢以外に客の姿はなく、カウンター奥のすりガラスのパーテーション越しにキッチンスタッフの影が動くのが見えた。足立がふたりを手招きする。

「最近、店に麿夢のことを尋ねる電話が二件あったぞ」

「僕のことを？」と、首を傾げる麿夢の隣で伊織が微かに眉を寄せた。

「ああ。黒野麿夢は仏師の見習いなのか、って。俺と、別のスタッフが一回ずつそういう電話を取った。同一人物かは、わからん。どっちも若い女の声だ。もちろん個人情報は教えてないけど。心当たりある？」

「いえ。僕に興味がある人なんかいないと思うんですけど……特に女の人は」

言っている途中で看護師の多田の顔が浮かんだ。伊織のストーカー候補だ。

「なんだ？　男なら思い当たる奴いるのか？」

多田が作品展の写真を見て麿夢に接近してきたことを話した。そして、勢いで伊織と付き合っていると宣言してしまったことも。

「僕の恋人だから近づくなって言ったの？　麿夢が？　案外男らしいな」

予想通り足立は腹を抱えて哄笑し、伊織までクックッと喉を鳴らした。騒々しさに驚いたキッチンスタッフがカウンターを覗きに来る始末だった。

磨夢の顔が次第に熱を帯びる。

「笑わないでくださいよ。僕だって必死だったんですから」

「うん、磨夢。名案だ。多田って奴には威嚇効果があったんじゃないか？　けどストーカーを甘く考えるなよ。逆恨みされるかもしれないからな」

「逆恨み……」急に真顔で言われて戸惑う。

足立は意味ありげな視線を伊織と交わし、言葉を継いだ。

「いいか、ストーカーは基本、相手が自分のことを好きだと思い込んでる。自分につれない態度をとるのは誰かが邪魔をしているからだと考える。で、その邪魔者を消そうとする。想い人の恋人なんてストーカーにはラスボス的邪魔者だ。だから舐めるな」

「磨夢を巻き込みたくは――」

言い掛けた伊織の言葉を、足立は「待て、そうじゃない」と制した。

「巻き込めばいいんだ。複数人で対応すれば、別に腕力も要らねえし、危険じゃない。磨夢だって今さら遠慮されたくないだろ」

磨夢はコクコクと首を縦に振る。

脅かされて怖じ気づきそうになったが、特別強くなくても一緒にいるだけでいいならこれまで通りだ。気持ちだけ少し引き締めておけ、ということだろう。

そのとき、ドアベルが鳴って客が入ってきた。

「いらっしゃいませ」と足立がよく通る声を響かせ、営業モードに入った。

磨夢は振り返り、入店してきた客を見た。黒髪のショートヘアに黒革のハードなジャケットを着た女性だ。色白でふっくらした頰に目尻の下がった大きな目。視線が合った瞬間、磨夢は息を呑んだ。見知った顔だ。服装と髪型のせいで、磨夢の知っているものとかなり印象が違うが。その人が磨夢を睨んで、肩を怒らせ近づいてくる。

「西《にし》、川《かわ》、さん……」

「何してんのっ、磨夢君、なんで良平君を助けてあげなかったのよっ」

叫ぶや否や、腕を振り上げられ、磨夢は迫りくる拳を真正面に見据えたまま一歩も動けなかった。顔面に熱く焼けた石が叩き込まれたような衝撃が走った。体が後ろへ押されて、カウンターに背中を打ち付けた。鼻の奥から熱い汁が垂れてくる。床に落ちた赤い雫は血だ。

相手は自分で殴っておいて驚いたような顔をしていた。磨夢が逃げなかったのは想定外だったようだ。拳に付いた血を振り払い、踵を返して、入ってきたドアから走って出て行く。磨夢は足立が投げてよこしたタオルで鼻を押さえて追いかけた。

「西川さん、待って」

西川奈央《なお》は、中高一貫校の同級生だ。当時の奈央は黒髪のロングで日本人形のようなおとなしい雰囲気の子だった。

奈央と話すようになったのは中二の春。遠足のバスの座席決めのときだ。男女が隣同士になるようにくじ引きをすることになって、突然、奈央が男子の隣は嫌だと泣き出した。クラス中に白けたムードが漂い、磨夢は咄嗟に奈央とくじを交換した。

「僕、ち、チビだし、よく女子に間違えられるから、僕が、……女子の席に座るよ」

目立つのが苦手な磨夢にはかなりの勇気だった。そうせずにいられないほど、奈央の泣き声が痛々しかったのだ。それに、小柄な磨夢は一部の男子に「男おんな」と陰口をたたかれていたので、少々自虐的な気持ちもあった。

「くじの交換はルール違反だ」と批判の声が上がる中、磨夢はくじを開いた。野次馬が磨夢の番号を読み上げると、ひとりの男子が片手を高く上げて立ち上がった。

「俺が黒野の隣だ！　やった！　俺、黒野と話してみたかったんだ」

辻井《つじい》良平。クラスで一番背が高い、バスケ部のエースだ。数人の女子から落胆のため息が漏れた。

　バスでの長い移動中、地味な麿夢と隣同士では良平もさぞ気詰まりだろうと申し訳なく思った。ところが、遠足当日は互いに好きな漫画の話などして、意外にすんなりと打ち解けた。以来、なぜか麿夢の隣が良平の定位置になった。

『男子の隣は嫌』と泣いた奈央は、小学校で乱暴な男子にいじめられて私立中学を受験したらしい。かわいそうに、バスの座席決めの一件以来、彼女は「面倒くさい人」と、クラスで敬遠されていた。奈央も麿夢の傍に寄ってくるようになって、いつしか良平と奈央と三人で過ごすことが多くなった。男女分け隔てなく接する良平のおかげで、奈央も馴染みやすかったのだろう。

　いつもひとりで過ごしていた麿夢にとって、友達の存在は新鮮だった。ひとりでは興味を持つこともなかったものを知ることができる。良平の好きな音楽やバスケの話も、奈央のはまっているライトノベルの話も興味深かった。奈央も推しの話を嫌がらずに聞いてくれるのは麿夢だけだと感謝してくれた。聞き上手だと麿夢を褒めてくれたのは良平だ。

「男子の隣は嫌って言ってたくせに、いつも男子といるんだね」と、奈央がクラスの女子に嫌味を言われる現場に遭遇したことがあった。

「性別は関係なく、僕が西川さんと良平といたいんだ」

磨夢の口から出た言葉は、奈央を庇うつもりではなく本心だった。

磨夢と良平、そして奈央は、三人でいるのがデフォルトと認識されるようになり、高校に進級した。高校のクラスは三年間固定だ。このまま平穏に過ぎていくと思っていた。

三人のバランスに微妙な歪《ゆが》みが見え始めたのは二年生の春ごろだ。電車通学の磨夢と良平は、一緒にいる時間が奈央よりも長い。良平が学校帰りにレンゲ荘に遊びに来ることもあった。それに奈央が嫉妬し始めたのだ。あるとき、奈央が「ふたりだけずるい」と口を尖らせ、良平のジャケットの袖を摑んだ。

「奈央は自転車通学だから関係ないだろ」

良平に手を振り払われて、奈央の顔が泣き出しそうに引きつった。磨夢の胸は波立った。三人の中に、今までと違う感情が流れ込んでくるのを感じて。そして、

「磨夢君、私ね、良平君のこと好きみたい」

奈央は将棋崩しの盤ごとひっくり返すようにあっさりと磨夢に打ち明けたのだ。

「そうなんだ」と軽く応えながら磨夢はとてつもなく動揺していた。

とはいえ、奈央は積極的に良平に迫るわけでもなく、それまで通りに振る舞った。変化したのはむしろ磨夢だ。奈央の告白を聞いてから良平と奈央の間にいることが苦しくなった。三人の関係が永遠に続くものではないと気づいて怖くなった。ふたりを失いた

くないと思うほど一緒にいるのが辛い。ひとりで図書館へ行き、自習室に逃げ込んだ。

「磨夢、なんか最近おかしくない？」

良平に呼び止められて、「そんなことないよ」と作り笑いを返した。後から思えば、おかしくないかと聞いてきた良平の顔色も優れなかった気がする。

登下校の時間をわざと良平とずらした。奈央が自転車を引っ張りながら良平と歩くのを陰から見送ったこともある。心地よかった関係を終わらせるなら、いっそ奈央と良平がうまくいけばいいと思った。どのみち恋愛感情が入り込めば今までと同じ三人ではいられなくなる。きっと疎外感が生じてしまう。良平と奈央に嫉妬なんかしたくない。ならば先に身を引こう。

ふたりを避けている間に、二学期の中間テスト、文化祭が終わった。奈央の傷心メッセージが磨夢のスマホに届いたのはその頃だ。

『フラれちゃった』

返答に困っているうちに、二通目が送られてきた。

『良平君好きな人がいるんだって。すごく好きになっちゃって困ってる。磨夢君、誰のことだかわかる？　良平君、本気で悩んでるみたい。お願い、話を聞いてあげて』

良平が好きになったら困る人。それが誰か。見当がつかないわけではなかった。でも。

『暦夢、話したいことがあるんだ。お前は引くかもしれないけど――』

追いかけるようにして届いた良平のメッセージを暦夢は最後まで読めなかった。混乱してしまったのだ。暦夢自身、自分の気持ちがわかっていなかったから。

「待って、待ってよ、西川さん」

体に触れるのは躊躇したが、奈央の腕を捕《とら》えて止めた。このまま真っすぐ行けば私鉄の駅がある。暦夢は駅に近づきたくなかった。

「離してよ」

奈央が抵抗をやめて暦夢に向き合うまで、暦夢は手を離さなかった。往来の人の視線を感じる。だが、ここで奈央を逃せば、きっと後悔を上乗せしてしまうことになる。やがて、観念した奈央が暦夢の方へ振り返った。

「西川さん、……会いに、来てくれたんだよね？」

「大学の友達が……暦夢君の写真持ってたの……だから、どうしても、ひと言言いたくなって……な、殴るつもりは、なかったの……ごめん」

「ああ、西川さん、大学生なんだ……」

「二浪したから、まだ二回生」

奈央は彫刻教室の平井と同じ大学だった。

「麿夢君は……高二の秋からどこに？　どっかの高校に転入したんでしょう？」

「……してない。……五年間、ひきこもってて」

「え？　……じゃあ、中卒ってこと？」

改めて聞かれて返事ができなかった。ひきこもっていた時間の重さが、学歴という言葉で目に見えた気がした。これは一生涯麿夢の枷《かせ》になるだろう。けれど、あの頃の麿夢は、炬燵に籠もって時が過ぎるのを待つしかなかった。他にできることはなかった。

奈央は忌々しげに麿夢をねめつけた。

「ムカつく。麿夢君って、本当にずるい」

また殴られると困るので麿夢は後ずさりした。奈央の吐いた白いため息が、空中にモヤモヤと霧散していく。

「麿夢君は逃げてばっかり。五年間、罪悪感に苛まれて何もできなかった？　傷ついたアピールのつもり？　それとも償ってる気になってんの？　ただの甘えでしょ」

「……ごめん」

「ねえ、なんで？　なんであの日、良平君の話を聞いてあげなかったの？」

奈央の目から大粒の涙が零れた。つられて泣きそうになる。だが、堪えた。

「メッセージを、最後まで読めなくて……待ち合わせに気づいてなかった……から」

麿夢自身、あの日からずっと自分の心に問い続けてきた。なんで？　と。

あのとき麿夢がスマホに届いたメッセージを最後まで見ていれば、話を聞けていたら、良平は——ホームから転落したりしなかっただろうか。

「ひどい」と奈央が悲鳴じみた声を出した。

「ひど過ぎるよ。良平君の必死の訴えを読まなかったなんて。良平君は麿夢君のことが好きだったんだよ。気づいてたでしょう？　もしかして、気づいたから避けたの？」

「それは違う、……そうじゃない」

「じゃあ、なんでよ。聞いてあげるだけでよかったのに。良平君、同性に恋愛感情を持つ自分をずっと否定してきたって。でも、麿夢君は男とか女とか関係ないように思えたって言ってた……。けど、私が良平君に告白したら、素直に気持ちが伝えられて羨ましいって言ったの。だから、麿夢君に告白しなよって……私が背中押しちゃった……」

「そう、なんだ……」

「わ、私が言っちゃった。それで良平君が……私のせいだ……私が良平君を追い詰めた」

奈央がくしゃくしゃと短い髪をかき上げた。

「に、西川さんのせいじゃな……」

「そうだよ！　私だけじゃない。磨夢君も悪い。私は磨夢君が良平君を救ってくれるって信じてた。何で逃げたの？　五年ひきこもった？　甘えないで。私だって、苦しかったよ、心療内科にずっと通ってる。自分だけが苦しいなんて思わないでよ」

もう一発殴られる覚悟をした。けれど、奈央はサッと身を翻して駅に向かって走り出した。追いかけながら、地下に走る電車の振動を感じていた。足が竦む。

磨夢に最後のメッセージを送ってきた日の夜、良平は駅のホームから転落して電車に轢かれた。遺書はなく、事故か自殺か、わからなかった。

磨夢が良平の死を知ったのは翌日学校に行ってからだ。その日は早退して、帰りの電車で何度も嘔吐した。あれから電車に乗れなくなった。駅にすら寄れなくなった。

駅、電車、線路……良平。駅に近づくごとに呼吸が乱れて視界が揺れる。奈央が地下にある改札口へ向かって、人混みをかき分け階段を駆け下りた。奈央の姿が遠くなって、

磨夢は慌てて叫んだ。

「大事だったんだ！　良平も、君も……ふたりとも好きで、失くしたくなくて、だから、僕は」

磨夢は階段の降り口でえずいて手すりにしがみ付いた。ガクガクと身を震わせて、腹の奥底から湧き上がる吐き気を飲み込もうとした。が、耐えきれなかった。磨夢はゲ

エッと醜い音を立て吐いた。吐しゃ物が散り、周囲からどよめきが起こる。磨夢の周りから人が退いていく。階下で奈央が瞠目して仰ぎ見ていた。

その奈央の顔を見下ろし、目と目が合った瞬間、ハッとした。

磨夢は良平がいなくなってから、良平のことしか考えていなかった。失ったものの方が強く心に残るのは当然だろうし、奈央を忘れていたわけではない。だが——。

磨夢の中でとっくに三人のバランスが崩れていたことに気付いた。

磨夢は良平が好きで、特に大切だったのだ。良平と長く友人でいたいと思っていた。良平の思いが変化するのを感じて戸惑って逃げてしまった。あのとき、良平の気持ちを聞いて、友人として大切に思っていることをきちんと伝えればよかった。

「僕たち、……好きな気持ちがすれ違っていたんだ」

奈央も磨夢も良平が好きだった。だが、奈央は良平に恋愛感情を、磨夢は友情を感じていた。そして、良平は奈央に友情を、磨夢に恋愛感情を求めていたのだ。

磨夢は鼻血が付いたタオルで口を拭った。フラフラと立ち上がると、頭が重くてプールの飛び込み台に立つような前屈姿勢になった。このまま重力に身を任せれば飛べそうな気がした。恐怖感が抜け落ちていく。ふいに、良平もこんな風だったのではないかと思った。線路に飛び降りたのではなく、ふわりと重力に引っ張られて落ちてしまったのではないかと。

「磨夢君、座ってて！　危ない」

　奈央の叫び声が耳に飛び込み、我に返った。その瞬間、磨夢は背後からから伸びてきた腕に腹を抱えられ、後ろに引っ張られた。

「しっかりしなさい、磨夢」

　耳元で静かな怒りが宿った伊織の声がして、磨夢はほっとした。やはり伊織は磨夢の地蔵菩薩だ。どんなところでも助けに来てくれる。

　泣き顔の奈央が階段を駆け上がってきて磨夢のジャケットを握った。

「びっくりした、落ちて死んじゃうつもりかと思った……やめてよ……そんなこと」

「ううん、ごめん、ちょっと、ふらついただけ。死ぬつもりなんてないから、大丈夫、僕は、誰かを苦しめるトラウマにはなりたくないんだ」

「え……」

「良平も、たぶん。死ぬつもりなんか、なかったんだと思う」

　掃除道具を持って駆けつけた駅員に謝罪して、駅舎を後にした。とっぷりと日が暮れて、ガラスのような透明感のある夜空が広がっていた。伊織に担がれるようにして歩く麿夢の後ろに、奈央がついてくる。歩きながら伊織と奈央は簡単な自己紹介を交わした。

伊織は人通りが少ない路地の入り口で立ち止まった。麿夢を支えたまま自動販売機で水を買い、側溝の網の上で麿夢に口をゆすがせた。作務衣のポケットから出した手ぬぐいでグイグイと麿夢の顔を拭くと、ようやく奈央と真っすぐに対面した。奈央は街灯の明かりの下で初めて伊織の容姿をはっきり見たようだ。遅ればせながらその美貌に目を丸くしていた。伊織は麿夢と奈央の顔を見て仏のように目を細める。

「身近な人の死は辛いですね。それぞれがどれだけ傷ついたか推し量れませんし、傷を癒やす方法も、癒やすための時間も人それぞれです。ですが、そろそろお互いに自分を許して、良平君の魂を解放してあげたらどうですか」

「解放？」と奈央が繰り返し、「もっと、自分のことに目を向けて、忘れてあげることです」と、伊織が以前麿夢に言った言葉を口にした。奈央は少々尖った声で、「意味はわかります」と言った。意味はわかるが簡単ではないと。最後にかすれた声で、「苦しい」と呟いた。

おそらく、彼女は周囲の人から励まされ続けてきた。身近な人の自死は、あなたのせいではない。だから前を向いて、その人の分も頑張って強く生きなさい、というように。

「苦しいんですよ。当たり前です」と伊織が頷いた。

「人は生きていれば苦の連続です。苦しかないんです。生きることは苦、苦とは生きること。苦、苦、苦、苦、笑ってしまうほど、苦です」

うんざりするほど「苦」を連続されて戸惑う奈央を尻目に、伊織は話を続けた。

「四苦八苦の意味を知っていますか？　人間の基本の四苦とは、生、老、病、死、ですが、この他に、愛する者との別れの苦しみ、嫌な人間に会わねばならない苦しみ、求めるものが得られない苦しみ、そして、身心から絶えず苦痛が生じる苦しみがあります。この四つの苦しみも合わせて、四苦八苦と言います。これらの苦をなくすには、肉体を捨てなければならない。では死んでしまえば楽になるかというと、今度は六道と言って――」

奈央は、相づちを打つ隙すら与えない伊織の語りに少々引いているようだ。大通りを歩く人たちも、身振り手振りの大きい長軀の後ろ姿を怪訝そうに見て通り過ぎていく。伊織が完全に蘊蓄モードに突入してしまった。こうなると、相手が自分の話を理解しようがしまいが伊織には関係ない。ただひとりで夢中になって話している。麿夢はオロオロする奈央の様子が、申し訳ないがちょっと面白くて笑ってしまった。

奈央は震え声で言った。

「なんか、怖い……聞いてた通り……」

彫刻教室の平井が言っていたのだそうだ。残念なイケメンがいると。

「残念だからいいんだ、伊織さんは」

「麿夢君、この人みたいな……仏師になるの?」

チラリと横目で奈央が麿夢を見てくる。麿夢は「まだわからない」と首を振った。

「ただ、この人に、この仏に……救われたから、恩返しがしたいと思ってる」

「仏様に出会ったんだね。……いいな」

奈央はひとりで強くなろうと頑張ってきた。似合わないボーイッシュな髪も服も、好きではないボクシングを習ったことも、心に鎧《よろい》を着せるためだったと話した。

「えらいね、西川さん」

「周りが許してくれなくて、逃げられなかっただけだよ」

麿夢は背を丸めた。麿夢はどれほど一男に甘えていたことか。

「麿夢くんも苦しいのはわかってた。けど、恨んでた。麿夢君、電話番号も変えちゃったでしょう。私のことも忘れようとしてるって……私のことなんて要らないんだって思って、けっこうショックだった。あのとき、喧嘩してでも一緒に悩んでほしかったよ」

「ごめん」

「私、いつもさみしかったんだ。三人でいても麿夢君と良平君はふたりだった。ずっとヤキモチ焼いてた。だから、関係を変えた方が長く三人で一緒にいられるって思ったの」

良平の麿夢への気持ちが恋心だと、良平に告白をするまで知らなかったと言った。

伊織が熱心に六道について語っている間に、奈央と新しい電話番号の交換をした。

「西川さん、もしかしてカフェ庵に何度か電話で僕のこと問い合わせた？」

「一回だけね」

「一回？」

「たぶん、さっきの店長さんが出たよ。よく通るいい声だった」

では奈央の他に麿夢のことを問い合わせた人がいるということだろうか。モヤッとした疑念が生まれた。だが、今はそれどころではないことを思い出す。

スマホの時間を見ると、もう十八時三十分だ。

「伊織さん、大変です、彫刻教室の時間！」

伊織がハッと我に返り、「失礼」と急に凛とした顔をしたので奈央が噴き出した。

「ああ、麿夢、ちょっと顔が腫れてるわ、鼻のとこ」

彫刻教室の生徒が帰った後、麿夢がフロア掃除をしていると、足立が麿夢の顔を指差した。たしかに顔が熱くて腫れぼったい。

奈央の怒りの形相を思い出して身震いした。

「……いいパンチでした」

「ちっとは避けろよ」と、足立が呆れ顔で言った。「もうちょっとうまく自分の身を守れ。あの子の他にもまだお前のこと探してる女がいるんだからな」

ダスターでテーブルを拭いていた伊織が顔を上げた。

「磨夢、心当たりはないですか？　彼女の他に君を殴りたいほど恨んでいる人」

「恨んでるって決めないでください」

足立がすかさず重ねてくる。

「じゃあ、お前のことを忘れられないぐらい想ってる人間は？」

「そ、それなら……気づかないうちに恨まれている方が可能性高いです」

足立と伊織がクスクスと笑い合う。本当に性格が悪い大人たちだ。

そのとき、伊織の作務衣のポケットでスマホが鳴った。なんとなく緊張感が高まる。

伊織はスマホを取り出して光る画面を確認した。「病院からです」と言いながら、通話ボタンをスクロールしてスマホの向こうの声に耳を傾ける。磨夢と足立には伊織の声しか聞こえない。

「わかりました。すぐに行きます。……そうですね、三十分ほどで」

通話を終えると、伊織は厳しい表情で言った。

「叔父の点滴に不具合があったそうです」

「不具合ってどんな？」と、足立が眉間に皺を寄せる。

「……昌運さんの……ご容態は……」

伊織は足立と麿夢に順に目を配って答えた。

「一時、血圧の低下が見られましたが今は安定しているそうです。病院は輸液ポンプの流量に異常があったと考えていますが……誤作動を知らせるアラームが切ってあったと」

「単なる事故じゃないってことか。……例の看護師がお前に会いたくて、機械をいじったんじゃないか？」

足立の発言に、麿夢は血の気が引くのを感じた。

「いくらなんでもそれは……、人の命が懸かった犯罪ですよ。憶測でそんなこと……」

「私も足立と同じことを思いました。可能性はないとは言えません」

「ストーカーに常識なんて通じないからな。想う気持ちがさせることはすべて正義だ。とにかく病院へ行くか」

足立が出入り口に足を向ける。

「いえ、足立はまだお店の仕事があるでしょう」

伊織はまだお客が残っている隣のカフェスペースの方へ目を向けた。案ずるなという風に右の手のひらを見せられて、足立は少々不満げに引き下がった。

「わかった。何かあったらすぐに連絡しろよ」

麿夢は作務衣の上にそそくさとジャケットを羽織った。

「僕は一緒に行きます。多田さんが暴走したんだとしたら、それ、僕のせいかもしれませんし」

伊織は足立と横目で見合って片頬を微かに引き上げた。

「そういえば、麿夢は私の『彼氏』でしたね」


病院に到着したのはちょうど病室消灯時間の十時だった。伊織と麿夢は駐車場に車を停めて、病院の敷地の最奥にある昌運の病棟に向かう。

いつしか空に暗雲が広がっていた。冷えた空気がチリチリと粉のように肌に刺さる。青い蛍光灯が照らす二輪車置き場を通り過ぎて、外来棟と一般病棟の間を抜けた。目指す病棟が見えてきたとき、麿夢のジャケットのポケットでスマホが着信音を発した。森閑として静まり返っているので異様に響く。

「す、すみません。今消します。……あれ？」

磨夢は取り出したスマホの音を消すのも忘れて画面に見入った。数メートル先を行っていた伊織が戻ってくる。

「どうしました？」

「この病院からです」

しかもヨシ乃が入院するときに臨時的に登録した、夜間外来の緊急時用携帯電話の番号だ。ヨシ乃に何かあったのだろうか。通話マークをスクロールした途端電話が切れた。折り返すと「ツーツーツー」という通話音に切り替わった。間違い電話か？

「伊織さん、僕、一応ヨシ乃さんの病棟に確認に行ってから、追いかけます」

「わかりました。何かあれば連絡してください。スマホの電源を切ってはいけませんよ」

「あ、はい、じゃあ、音だけ消しておきます」

伊織と別れ、磨夢は一般病棟に向けて足を進めた。スマホをバイブ設定にして着信を見直す。不意に視線を感じて顔を上げると、生垣の陰から黒い人影が飛び出した。記憶にある、ずんぐりした体形。白衣でなく、上下黒一色の私服姿の多田だ。恋敵である磨夢に攻撃してくるかと身構えたが、多田は磨夢に見向きもせず、建物の壁沿いに病棟の裏側へ回り込んでいった。

「え？　ちょっと」

肩透かしを食らい慌てて追いかける。暗がりの中、多田の黒い姿を見逃さないように目を凝らす。鈍足のくせに、細い植え込みをくぐり抜けるなど、障害物を上手く使うのでなかなか捕まえられない。

最奥だと思っていた療養病棟のさらに奥に臨時駐車場があった。テニスコート二面ほどの敷地を光の弱い外灯がぼんやり照らしている。フェンスで囲まれた敷地の周りにはさらに樹木が鬱蒼と茂り通り抜けはできない。置き網に掛かるように追い込まれた多田は、突き当たりで振り返った。

「多田さん、なんで逃げるんですか？　……伊織さんに、会いたくないんですか？」

磨夢の呼びかけに、多田は鼻を鳴らした。

「お前、バカじゃねえの？　俺は男なんか好きじゃねえよ」

これまでと違う乱暴な口調に面食らう。

「へ？　だって、いつも伊織さんを見て嬉しそうに……」

「あれは演技だ、演技」

「なんで、そんな」

「お前と三玉伊織の情報が欲しいって言うからさ、莉菜子さんが」

「り、莉菜子？　って、あの？　う、うそ」

「呼び捨てにするな。俺の女だ。お前に話があるから連れてきてくれって頼まれた」

「じゃあ、さっきの病院の電話――」

「俺だよ。お前がババアのとこに行くだろうと思って。三玉伊織が一緒だと厄介だから」

多田は『救急外来1』というシールが貼られた携帯電話を砂利の上に投げ捨てた。

麿夢は痺れるような緊張を覚え、ジャケットのポケットの中のスタンガンを握った。

まさか、これに頼る日が来るとは。

「莉菜子……さんが、僕に何の用？」

「お前はただの餌だ。三玉伊織に仕返しするための、な」

莉菜子は夫に囚われ、甥にもひどい扱いを受けてきたかわいそうな女だから、助けてやらないと。だから死に損ないの夫と三玉伊織を消す計画を手伝ってやるのだと、多田は言った。多田が昌運の点滴に何らかの細工をしたことは間違いないらしい。

「夫がいなくなりゃ、俺も莉菜子さんと結婚できるしな」

麿夢は啞然とした。恋は盲目と言うが、本当に、恋愛感情は人の心を惑わす種だ。

多田が犯人だということはすぐにバレる。莉菜子は多田に罪を押し付けて逃げるだけだ。そんなこともわからないのだろうか。お花畑な思考に開いた口が塞がらない。少々ダメージを与えてやりたくなって、麿夢は真実を教えた。

「昌運さんはまだ生きています。点滴が操作されたこともうバレてますよ」

「そんな……三玉伊織は昌運が死んだから呼ばれたんだろ？」

多田はあからさまに動揺して目を泳がせた。バカめ。この男には殺人を貫徹させる強さは微塵も感じられない。過剰に恐れる必要はないようだ。だが、磨夢ひとりで取り押さえるのは難しい。――とりあえず警察を呼ぼう。

ポケットの中の手をスタンガンからスマホに持ち替えようとした。その瞬間、スマホが着信を知らせて震え、同時に多田が磨夢に飛び掛かってきた。

磨夢は砂利に足を取られながら身を反らして多田の右手を避けた。ふと街灯の明かりを反射した金属の光に気づき、肌が粟立った。いつの間にか多田の手にナイフのようなものが握られている。

一旦恐怖を感じると体が硬くなる。磨夢はじりじりと後ずさりした。スマホはポケットの中で断続的に着信を告げている。伊織かもしれない。だが、スマホを見る隙がなかった。とにかく逃げないと。磨夢は竦みそうになる脚を奮い立たせ、思い切って多田に背中を向けて駆け出した。その矢先、背中に大きな衝撃を受け、磨夢は吹き飛ばされるように転んだ。続けて俯せの体の上に重量感のある体が乗ってきた。

そのとき、白っぽい小型のワンボックスが駐車場内に入ってくるのが見えた。車に注目して気を抜いた多田を撥《は》ね除けた。ヘッドライトの光がスピードを緩めずに向かってくる。眩しさに圧倒されて立ち上がれない。ワンボックスは麿夢の数メートル手前で止まり、ライトを付けたまま運転席のドアが開いた。出てきたのは髪の長い女だ。手に木刀のような棒を持っている。

莉菜子だ、と思った。涙袋が大きな艶っぽい吊り目は吉祥天を彷彿とさせる。多田のものだろうか、服装は男物と思われるゆったりしたミリタリー風の上着とジャージ。しかし、肉感的な色気が内側から滲み出ていた。

「多田君、その子はまだ殺さないでよ。伊織君のお気に入りみたいだから」

「莉菜子さあーん」

多田は甘え声で莉菜子に駆け寄ろうとした。莉菜子は棒の先で多田の肩を突いて黙らせ、続けて這い出そうとした麿夢の脚を棒で打った。

「いいいっ」

痛い。麿夢は再び振り上げられる棒の影に怯えてうずくまった。脇腹を殴られてさらに身悶える。

「ほら、おとなしくなったから、さっさと縛って車に乗せて」

「う、うん」

さっきまでの威勢はどこへ行ったのか。多田は子供みたいな返事をして、ワンボックスからロープを持ってきた。最初からここで麿夢を捕まえる計画だったようだ。口を強力なテープで塞がれて腕を後ろ手に拘束されて、足首も同様に括られた。

よろよろと麿夢を担ぎ上げる多田の背後から莉菜子が声をかけた。

「多田君、マサ君まだ生きてるみたいじゃない。失敗したんだ」

マサ君、とは昌運の本名である昌晃の愛称だろう。

「ごめん、……途中で見つかっちゃったみたい……また挑戦するよ」

「バカ！　同じ手が使えるわけがないでしょう」

「ほ、他の方法を考えるよ。血管に空気を送り込むのは時間がかかるから、そうだ、毒薬を盗んで点滴に混ぜよう」

多田は倒したリアシートの上に麿夢を投げ入れ、莉菜子の方を向いた。媚びるように腰を屈めて上目遣いで莉菜子の顔を覗き込んでいる。

「それでいい？」

「……ええ、もういいわ」

莉菜子はふわりと微笑み、持っていた棒でいきなり多田の頭部を殴った。呻き声と共に多田が地面に倒れた。麿夢の全身にどっと汗が噴き出た。莉菜子が上着のポケットに手を入れて、何事もなかったようにバックドアから車に乗り込んでくる。

「ねえ、これ、あなたが彫ったの？」

磨夢の目の前に掲げられたのは、磨夢がヨシ乃にあげた木彫りの手のひら地蔵だ。

「伊織君もね、最初に彫ったお地蔵さんを私にくれたわ。なんでだと思う？」

莉菜子は口を塞がれた磨夢の顔を見下ろし、「愛してるから」と自分で答えた。

ニタリと笑みを浮かべた顔を寄せられて、磨夢は顔を背けた。すると、莉菜子は磨夢のジャケットのポケットをまさぐって、スマホとスタンガンを取り出した。磨夢のスマホを勝手に操作して、ハンズフリーモードで電話をかけた。

『磨夢、どこにいますか？』

聞こえてきたのは、いつもの美声にやや焦りが感じられる、伊織の声だ。

「んんんんんんんん」

磨夢はマイクに声が入るように、できる限り呻いた。

莉菜子はスマホを自分の口元へ引き寄せた。

「伊織君、久しぶり。莉菜子よ。会いたいの。私が行くと伊織君は意地悪するでしょう？　だからあなたから来て。私たちが出会った場所よ。わかってると思うけど、警察を呼んだりするのはやめてね。騒ぎになればあなたのお父様も……三玉グループも困るでしょう？　それに、そんな意地悪したら……この子、麿夢君だっけ？　あなたのお気に入り壊しちゃうよ」

『待ってくださ――』

莉菜子は伊織の返答を聞かずに通話を終了した。麿夢のスマホの電源を落として自分の上着のポケットにしまい、代わりに手にしたのはスタンガンだ。

「護身用？　こんないいもの持ってるのに、何で使わなかったの？　バカねえ」

間髪容れず、麿夢の腕に強烈な痺れと痛みが走った。そこには女神ではなく鬼がいた。


「今思えば、私たち初めて会ったときからお互いに意識してたと思う。でも、私には夫が……マサ君がいたから伊織君は遠慮しちゃったのよね。マサ君はいい人だけど、運命の相手じゃなかった。伊織君に会った途端、私それに気づいたの。人間って、間違うことあるでしょう？　でもさ、想い人の夫が叔父さんって可哀想よね。それで伊織君は、『好き避け』って言うのかな、好きなくせに気のない振りしてわざと近づかない、私に対して七年もそういう意地悪をしてたの。ひどいでしょう？　だから、私の方から伊織君が積極的になれるチャンスをあげることにしたわ。伊織君を騙して……ああ、違うのよ、騙したわけじゃないけど、嘘をつかないと伊織君とふたりきりになれなくて、仕方なく。マサ君と三人で会うってことにして、伊織君を誘い出したの。伊織君ったら緊張してたみたい。リラックスしてもらおうと思って、飲み物にちょっとだけ薬を入れた。彼、安心してリビングのソファで寝てしまった。それで私、彼の体に私の名前を刻んでおこうと思いついたの。だって持ち物には名前を書くと安心じゃない。服を脱がせたら、……伊織君自身が彫刻作品みたいにきれいなのよ、ふふふ。どこに彫ろうか迷ったけど、内腿に決めたわ。だって、他の誰にも見られないでしょう？　私だけ特別だって思える。……なのに、あの足立って子が来ちゃった。まだ途中だったのに。伊織君は血もきれいだった。伊織君の血で染まったあのシーツ、どこへ行ったかしら。……あの日から伊織君に会えなくなっちゃったわ。お義父さんとお義兄さんが意地悪なの。私をストーカー呼ばわりよ。ひどいわ。あんな陰気な施設に閉じ込めるなんて」

莉菜子はワンボックスを運転しながらひとりで話し続けた。

磨夢は後部席で、恐怖と打撲の痛み、そして口に貼られたテープの粘着剤の痒みに打ち震えていた。足立が言った通り、莉菜子は伊織が自分のことを好いていると思い込んでいる。一方的で身勝手な思いが暴走していくさまは、さながらホラー映画だ。眠っている間に裸にされて文字を刻まれそうになるなんて、トラウマにならないわけがない。

恋心を怒りと激情に変え、莉菜子も変わったのだろうか。それとも潜在的にこういう人間だったのか。いずれにせよ今の彼女からは、かつて昌運が愛したというふんわりした可愛らしい莉菜子は想像できなかった。

車に乗せられて二十分くらい経っただろうか。窓から見える空は街灯が見当たらない。住宅街から離れた場所だろう。莉菜子は倉庫のような建物の中に車を止めて、シャッターを下ろした。

バックドアが開き、麿夢は莉菜子に蹴り出されるようにして車外に落とされた。内出血だらけの体が声にならない悲鳴を上げる。落ちたところに予め置かれていた台車に乗せられて奥へ運ばれた。中は意外と広い。天井に付けられた蛍光灯が内装をぼんやりと浮かび上がらせている。おそらくここは昌運の工房の材木置き場、昌運が自殺を図った場所だ。コンクリートの床に木片や木屑が散っていて、壁沿いの棚にいくらか角材が置かれていた。「あ」と目を見開く。そこにあの毘沙門天像もあった。笠原の家に侵入したのは莉菜子ということか。麿夢はもう彼女がやることに驚かなくなっていた。

莉菜子は入り口から一番遠い柱の前で麿夢を台車から下ろし、上半身を柱にもたれさせて腰をロープで括りつけた。車中で手首を動かし続けていたおかげで麿夢の手首のロープはかなり緩んでいた。口のテープも唾液でふやけて剝がれそうだ。手が自由になれば足のロープも解ける。だが、途中で気づかれれば、また滅多打ちにされてしまう。莉菜子の暴力性を爆発させないよう、磨夢は機会を窺うことにした。

「猫みたいに軽そうに見えるけど、意外と重いわね、あなた」

莉菜子が、白い息を吐いた。「寒い」と呟き、中が煤けた一斗缶を引き寄せた。ストーブ代わりに使われていた物のようだ、中に燃え残った木材や新聞紙が入っている。莉菜子は棚から着火棒を取って一斗缶の中に火をつけ、ジャージのポケットから出した手のひら地蔵を投げ入れた。新聞紙から上がった炎が手のひら地蔵を包んでいく。磨夢が初めて彫った仏像だ。木が仏に変化していく興奮や一心に拝むヨシ乃の姿を思い出し、磨夢は顔をしかめた。莉菜子は磨夢の心痛を見て取って、満足げな微笑を浮かべている。

「あなたは仏師に向いてない。伊織君は初めからもっと上手だったもの。思い出すわ、ここで伊織君に初めて会ったの。彼は木の中に仏が見えるなんて冗談を言った。私の気を引こうとして仏の話を夢中でしてくれたわ。全然止まらなかった」

あの人は仏の話なら相手が誰でも夢中で話し続けるのだが。口が塞がれていなければつっこんでしまうところだった。危ない。

「三年も伊織君と離れ離れで心配だったわ。苦労して帰ってきたら、あなたみたいな泥棒猫が伊織君にまとわりついてた。許せない。あんな施設に私を押し込んでおいて」

伊織と引き離されていた時間に伊織への執着心は増幅されていたようだ。

莉菜子は施設の事務所に忍び込み、昌運が入院していそうな病院に片っ端から電話をかけ、その場所を探し出した。あらゆるSNSを利用して多田と繋がり、伊織の情報を集めさせた。伊織の新しい工房や足立のカフェの電話番号を知り、何度か施設職員のスマホを無断で使って電話したらしい。多田が機転の利くタイプではなかったためにかなり手こずったようだ。なんとか施設の退所手続きを手伝わせ、三日前ようやく京都へ戻ってきたという。接近禁止命令が出ているので、伊織に会うには伊織を呼び寄せる必要があった。伊織を誘《おび》き出す材料として、大門に売った毘沙門天像を思い出した。伊織が気に入っていた像だ。笠原が所有していることを知り、盗みに入った。

「でも伊織君を誘き出すには仏像よりあなたを使う方がいいと思ったの。あなた、伊織君の恋人って言ったんですって？　図々しい。伊織君の恋愛対象は異性、つまり私。あなた、駅で女の子に叫んでたわよね、『良平も君も好きだった』って。バイなのね」

莉菜子は角材の棚から切り出し小刀を取って麿夢の傍にしゃがみ込んだ。

「三角関係の末、良平って子を自殺に追い込んだんでしょう？　邪魔だから、そう仕向けたんじゃないの？　心が弱い人を追い詰めるのは簡単だもの。マサ君も、離婚してくれるだけでよかったのに、死のうとしちゃったの」

磨夢が思わず勢いよく顔を上げると、莉菜子は小刀を振った。

「本当よ。死んでほしいって言ったわけじゃないわ。伊織君の体に名前を刻もうとしただけなのに、マサ君ったらすごく怒ったのよ。もう伊織に会わせないって。なんでマサ君がそんなこと決めるのよ。だからカチンときて言ってやったの。マサ君は何をしても伊織君には敵わない、私が伊織君に惹かれちゃうのは仕方ないことだって。伊織君の邪魔にならないように私と離婚して、仏師を辞めてあげてって」

繊細な人だからと、伊織が気遣ってきた昌運の気持ちを、彼の愛妻は残酷に踏みにじっていた。

「あなた、長いことひきこもってるんでしょう？　あなたがふとしたことで死んじゃっても、誰も驚かないんじゃない？　どうやって死ぬのが自然かしら」

莉菜子が周囲を見回した。そのとき、磨夢は緩んでいたロープから手を抜いて莉菜子から小刀を奪った。

「なっ、何するの！」

近づこうとする莉菜子に小刀を向ける。莉菜子は舌打ちして、棚にある細長い棒状の木材に手を伸ばした。その隙に磨夢は足のロープを切って、腰に括られたロープを解きにかかる。こちらは小刀では切れないナイロンロープだ。手間取っていると、側頭部を鈍い痛みが襲った。視界が揺れ、耳の辺りを押さえた手に温かな血が触れた。目を眇めて見ると、莉菜子が振り下ろした角材を持ってよろけていた。角材が長すぎたようだ。

麿夢は口に貼られたテープをはがし、もう一度腰のロープの結び目を解こうとした。

「逃がさない。あなたには死んでもらう、伊織君のために」

「僕は死なない。絶対に伊織さんのトラウマにならないって決めてんだ!」

ここで麿夢が死んだら伊織はまた辛い記憶を増やしてしまう。自分が伊織の苦しみにはなりたくない。

「伊織君と私の邪魔をする人は許さない」

莉菜子に肩を蹴りつけられて麿夢の手から小刀が落ちた。莉菜子は即座にそれを拾い、麿夢に向けた。そのとき、ガラガラと大きな音を立てて出入り口のシャッターが開いた。車の陰から現れたのは、見慣れた長躯だ。

「ごめんなさい。少し遅くなってしまって」

安堵を誘う柔らかな美声。困ったような微笑。伊織は莉菜子に刃物を向けられている麿夢を一瞥し、莉菜子に視線を移した。莉菜子は小刀を麿夢に向けたまま首を横に振る。

「ち、違うの、伊織君、この子が悪いの。私たちの邪魔をするから」

「莉菜子さん、お待たせしてしまいましたね。……さあ、おいで」

伊織はまるで小動物でも呼び寄せるように両腕を開いた。「願いを叶えましょう」と与願印を表して、少しずつ莉菜子との距離を詰めてくる。自分の身を餌にして莉菜子を捕獲する作戦だろう。伊織の肌に例の蕁麻疹が出ている。

莉菜子は愛しげに、かつ、恨めしげに伊織を見つめた。素直に飛び込んでよいものか、迷っているようだ。麿夢は莉菜子の注意が伊織に向かっている間に、静かに腰のロープを外した。ダッシュで逃げ出そうとした途端、足がもつれて転んだ。

「待って！」

莉菜子がうつ伏せになった麿夢に小刀を振り上げると、伊織は駆け出した。莉菜子の手首を摑んで小刀を振り落とし、莉菜子の腕を後ろ手に捻りあげる。

「痛いじゃない、伊織君。ようやく触れてくれたと思えば、こんな……ひどい！」

ヒステリックに叫んだ莉菜子は、伊織に腕を捕えられたままストーブ代わりの一斗缶を麿夢の方に蹴り倒した。燃えた新聞紙や木材が火の粉を散らして弾け飛ぶ。「ひぃっ」と、麿夢は声を裏返らせて飛び退いた。足元に飛んできたのは焦げた手のひら地蔵だ。伊織は莉菜子を離し、床に散らばって燃えている木材を足で集め始めた。麿夢も四散した火の粉を追いかけて踏み消して回る。莉菜子が悲鳴を上げたのはそのときだ。麿夢はあんぐりと口を開けて立ち竦んだ。莉菜子の上着の裾に火が移っていた。

「いやっ、嫌っ、熱いっ熱いいいい」

莉菜子はパニックになって闇雲に手足を動かして暴れている。「落ち着いて」という伊織の言葉は聞こえていない。炎が莉菜子の上着の表面を舐めるように蠢く。

伊織は莉菜子の肩をわしづかみにして彼女の動きを止めた。そして、柔道の足技をかけるがごとく、暴れる莉菜子の足を払って床に倒した。「転がって！」という伊織の声に従って、莉菜子は煤と砂埃に塗《まみ》れながら必死に体を回転させる。コンクリートに擦られて、火の勢いは次第に弱くなってしぼんだ。

磨夢は縮み上がって一歩も動けなかった。火だるまになる人など見たら、それこそトラウマになるところだ。さすがの伊織の息も荒い。莉菜子は多少火傷しているだろうが、命にかかわるものではないだろう。泣いているのか、背中が小刻みに揺れている。身を捩《よじ》ってうつ伏せになり、這うようにして動き出した。ふいと磨夢は気が付いた。莉菜子の近くに先ほどの小刀が落ちていることに。

——まずい。

前のめりに駆け出したが、追いつかない。磨夢より先に莉菜子がそれを拾い上げた。さっと血の気が引く。だが、勢いのついた磨夢の体は途中で止まらない。そのまま小刀を構える莉菜子に正面から飛び込んだ。

「うっ、うわあっ」

「あんたなんか、いなくなれっ」

瞬間、左脇に硬いものが当たった。が。覚悟していたほど痛くないし血も出ない。麿夢は瞠目し、莉菜子も「あれ？」という表情を見せた。麿夢はその隙をついて莉菜子の肩を突き飛ばした。莉菜子の体が後ろへ転がる。一拍遅れて、麿夢のジャケットに引っかかっていた小刀が、軽い音を立てて地面に落ちた。

今の何だったんだ？

麿夢は狐につままれたような気分で自分の脇腹をまさぐりながら小刀を拾った。

「ま、麿夢、大丈夫ですか？　傷は？」

伊織が血相を変えて走り寄り、腰を屈めて麿夢の脇に目をやった。

「だ、……大丈夫、です。それより、伊織さん……」

妙に暖かくなったなと思ったら、いつの間にか壁の棚の木材から煙が上がっていた。棚の木っ端に火の粉が飛んでいたらしい。ボンッと弾ける音がしてとうとう火が付いた。

毘沙門天像が燻《いぶ》されている。麿夢は駆け出してそれを棚から取り上げた。

「外へ出て救急と消防を呼びましょう」と、伊織は冷静に言って、莉菜子に冷ややかな視線を送った。

「行きますよ」

莉菜子は子供のようにイヤイヤと首を振る。

「伊織君は何で私の心配をしてくれないの？　その子ばっかり心配して。私も火傷をしてるのよ。歩けないいから抱き上げて」

伊織は蕁麻疹だらけの顔を歪め、ため息をついた。

「いい加減にしてください」

「伊織君が悪いのよ。私が結婚しちゃってから現れるから。マサ君の彫刻よりもきれいな仏様みたいな顔をして……。私を迷わすから悪いのよ。私とマサ君をダメにしたのはあなたよ。責任を取って」

伊織の頬が強張る。

麿夢は今までに感じたことのない苛立ちを覚えていた。

「伊織さんがきれいなことが悪いわけじゃないです」

「うるさいわね、あなたは邪魔なの。伊織君、私を連れて行きたいなら私と一緒に暮らすと誓って。できないなら、私と一緒に死んで。伊織君は私のものなんだから。ほら、あなたには私の付けた印があるでしょう？」

錯乱した莉菜子と、どれ程会話を重ねたところで感情をすり合わせることはできないだろう。

磨夢は持っていた小刀を床に投げ捨てて、一喝した。

「もう黙ってろ！」

毘沙門天像を伊織に渡して両手を開けると、莉菜子の腕を引っ摑む。

「伊織さん、この人、僕が運びます。伊織さんの手を煩わせることないです」

「何言ってんのよ、触らないで！　あなたがここに残って焼け死ねばいいのよ。あなたが死なないなら、私が死んでやる」

「うるさい！」

磨夢はできうる限りの大声を出した。

「僕は死なない。僕は伊織さんのトラウマにはならないって言っただろっ。そんで、アンタみたいな人でも見殺しにしたら、また伊織さんに苦しい記憶が増えるんだよ。アンタなんか大嫌いだけど運んでやるよ！」

巻き舌で怒鳴ったら、莉菜子は目を丸くして固まった。

磨夢が台車を莉菜子の傍に寄せると、伊織は合点して頷いた。ふたりで莉菜子を台車に乗せ、出口に向かって走った。

煙が充満し始めて視界がおぼろだ。まるで雲海の中にいるような幻想的な光景で、現実味を持って感じられない。一緒に台車を押しているこの人は本当に菩薩の化身なのではないか。そしてここは浄土、はたまた地獄か。そんな錯覚を覚えた。


莉菜子の事件から二日後の朝、例のごとく足立が工房の朝食タイムに顔を見せた。

「ほお、これが奇跡の身代わり地蔵か」

足立が手のひらに載せているのは、麿夢がヨシ乃のために彫った懐仏、持ち歩くことができる地蔵菩薩像だ。伊織もしみじみと頷いた。

「ええ、本当に奇跡です。仏様が守ってくださった。まさに息災ですね」

「そうですね……」

麿夢は作務衣の上から左脇腹にそっと触れた。

あのとき、莉菜子が麿夢に刺した小刀は、作務衣の前身ごろのポケットに入れていた懐仏に当たっていたのだ。おかげで麿夢の腹は無傷だった。代わりに懐仏の腹部に鍵穴のような溝ができていた。ヨシ乃に渡そうと思って偶然麿夢が持っていて助かった。スタンガンより御守り効果があったわけだ。

「偶然ではないのかもしれません。麿夢はやはり六地蔵に見守られているんですよ」

「ヨシ乃さんがあそこに入院したのだって、麿夢の爺さんの導きかもな」

「……そうなんでしょうか」

磨夢は呟きながら玉子サンドに齧りついた。鼻の頭に付いたマヨネーズを何の気なしにティッシュで拭いて、「痛っ」と身悶える。奈央に殴られた鼻が青あざになっているのを忘れていた。「大丈夫ですか？」と伊織に打撲した肩を叩かれて、磨夢はまた絶叫した。

「ああ、失礼。あちこち痛いんでしたね」

伊織が首を竦めて、足立がヒヒヒと笑う。

「磨夢が一番災難だったな」

「……そうですよ。伊織さんがなかなか来てくれないから」

「すみません。指定された場所がわからなかったんです」

「なるほど、伊織は莉菜子さんと初めて会った場所を覚えていなかったのか」

伊織は工房の前に昌運の自宅へ行ってしまったらしい。ちなみに、自宅か工房の二択だったので、答えがこれ以外だったら磨夢の命は危うかった。当然伊織は初めて彫った仏像を莉菜子にあげたことも忘れていた。

「なんか、ちょっと不憫だな」と、足立が吐息を漏らした。「あの人、愛情に飢えた子供みたいな感じあるだろ？」

「……ええ。叔父もそれで彼女を放っておけなかったのでしょうし、彼女に頼られることが叔父にとっても喜びだったように思います」

莉菜子は幼い頃に母親を亡くしている。仕事で出張が多い父親は、娘の世話に困り、すぐに再婚したらしい。莉菜子は異母兄弟と共に後妻に育てられた。表面上は幸せな家庭だったが、莉菜子は孤立感を抱いて生きてきたようだ。

昌運と莉菜子の出会いは、莉菜子が通う大学の関連施設で催された昌運の仏像展示会だ。昌運が吉祥天像に見入っていた莉菜子に声をかけた。彼女と吉祥天像の雰囲気が似ていたからだ。莉菜子は「私はこの像ほど下膨れではない」と否定した。後日、昌運は像の顔を莉菜子に似せて彫り直し、彼女を工房に誘ったらしい。それから莉菜子は工房に入り浸るようになった。ふたりが結婚したのは出会いからおよそ一年後だ。

「叔父は自由を求めて三玉グループのレールから外れたのですが、身内から期待されない寂しさを感じることもあったようです。その寂しさを埋めたのが、依存体質な叔母でした」

「彼女は昌運さんに父親の愛情を求めていたのかもな。だから、伊織に会って恋愛感情を持っちゃった。で、潜在的なストーカー気質が爆発した」

足立が握っていた拳をパッと開いてみせると、伊織は渋い顔をして目を逸らした。

磨夢は足立の言葉に納得して頷く。

歯車を狂わせるのはいつも感情のすれ違いだ。

莉菜子は莉菜子なりに昌運を愛していたと思う。『マサ君はいい人だけど、伊織君に出会ってしまったの』彼女はそう言っていた。聞いたときは、勝手な人だと憤った。けれど、莉菜子が昌運に父親を重ねていたなら理解できる。好きな人ができれば、父親はその人との縁を祝福してほしいと思うだろう。最も自分の幸せを願ってくれる人だと信じているから。伊織への恋心が育つほどに、心地よかった昌運の腕の中が窮屈な檻になってしまったに違いない。莉菜子は伊織に出会っていなくても、昌運以外の誰かに恋をしたはずだ。父親への愛情と恋愛感情は別の対象に向けなければいけない。せめて彼女が恋に落ちるのが甥でなかったら、ここまで不幸な結末にならなかっただろうに。

問題は伊織の美しさではなくタイミングだったのだと、磨夢は思う。

「にしても、莉菜子さんは自信があったんでしょうね。伊織さんが自分との出会いの場所を忘れるわけがないと。僕の携帯の電源を切ってGPSも使えなくしてたし。……なのに、伊織さんは二択の答えも外すし……。おかげで僕は死ぬ思いをしました」

ついつい恨み節になる。

「ですが、磨夢は死なないと決めていたんでしょう?」

伊織が茶目っ気を含んだ眼差しを向けてくる。切羽詰まった場面で言った恥ずかしいセリフを思い出させるのはやめてほしい。こういうところは本当にイケズだ。

「心意気はあっても死ぬときは死にます」

麿夢は不貞腐れた。

「まあまあ」と、足立が麿夢を宥める。「とにかく、命にかかわるようなケガじゃなくてよかったな。ちゃんと検査もしてもらって安心できたし」

あのとき、救急車を呼んでくれたのは足立だ。伊織は木材置き場に入る前に足立に連絡していたらしい。自分と麿夢に何かあれば通報してほしいと。足立が原付バイクで現地に到着したときには、すでに高窓から煙が漏れていたという。

「莉菜子さんが逮捕されたし、伊織のストーカー問題もいち段落だな」

報道では、三玉莉菜子が看護師の多田に夫・昌運の殺害を指示し、失敗した多田に暴行を加えてケガをさせて逮捕されたことと、三玉昌運の工房で火事があったことが伝えられた。伊織が莉菜子にストーキングされていたことや、伊織と麿夢が事件に関わっていたことは三玉グループの力で伏せられた。伊織に興味を持つ者が現れるのを防ぐためだ。足立いわく、伊織の父親は伊織の能力を高く買っていて、いずれ会社に戻ることを期待して目をかけているらしい。

「伊織さんは会社に呼ばれたら戻るんですか？」

「今のところは考えていませんね。仏像の制作も修復もご依頼いただいていますし」

作業場には寅姫解体から依頼された毘沙門天像と笠原の吉祥天像が置かれている。

「麿夢は？　伊織の弟子にならないのか？」

「僕はまだ将来のことが何も見えていなくて……。弟子なんて中途半端な気持ちで始めるものじゃないでしょう？　……伊織さん、そういえば地蔵菩薩像の未払いっていくらだったんですか？」

「ああ、あれ、嘘です」

伊織が仏のような微笑を浮かべてしれッとのたまう。

「嘘？」

「一男さんはきちんとお支払いくださいました。ですから――今まで麿夢が働いてくれた分はお給料でお渡しします」

伊織はキッチンの吊り棚の中から封筒を取り出して麿夢の前に置いた。中には麿夢がひと月暮らすのに十分なお金が入っていた。

「こんなに、いいんですか？」

「ええ、今回は命を張っていただきましたから、特に。これからもけして勝手に死なないと約束して、手伝っていただけますか」

本来は仏師の仕事に命を張るような危険なんてないだろう。それに。仏にお願いされてしまえば、断ることなどできない。

「それは、まあ、手伝いますけど……。あの、実は僕、ここに置いてもらいながら、やりたいことがひとつできたんです」

「お、何だ、磨夢、ちゃんとやりたいこと考えてるのか。えらいぞ」

足立にバシバシと背中を叩かれて、磨夢はまた悲鳴を上げた。


足立が帰った後、伊織は作業机に置いた毘沙門天像と向き合った。数年ぶりに伊織のところに戻ってきた昌運の毘沙門天像だ。火事場から持ち出したので煤と埃でうっすらと灰色がかっている。だが、大きな傷みはなく、クリーニングだけで済みそうだ。火が移る前に助けられてよかったと改めて安堵する。

伊織は白い手袋をはめて、毘沙門天像を邪鬼の土台から外した。足裏のほぞに刻まれた昌運の名をそっと撫でる。この像をもらい受ける約束をしたのはおよそ十年前だ。

伊織が大学三回生、進路選択が迫って何となく落ち着かない気配が周囲に漂っていた時期だった。学校の帰りに工房へ寄ると、硬い表情の昌運に話があると呼びつけられた。

伊織が向きあって正座した途端、昌運が言った。

「お前は仏師になんかならない方がいいと思うよ。彫刻なら趣味でもできるだろう」

唐突な話に首を傾げる伊織を見やり、昌運は表情を和らげて話を続けた。

「……兄さんから電話があったんだ。卒業後は三玉グループで働くよう伊織を説得しろって」

最初から伊織を説得できるとは思っていなかったのだろう。彼は伊織の父が根回しをしていることをけろりと白状した。

昌運は強引に他人を従わせるタイプではないし、嘘やはったりを言って相手を懐柔するような人でもない。だからこそ、伊織は昌運を信頼していた。

「マサ叔父さんは、私が弟子になるのは嫌ですか？」

「嫌とか、そういうことじゃなくて。……お前は、私とは違うだろう。私は彫刻しかできないし、大企業の駒となって爪跡を残せるような人間じゃない。けど、伊織は会社をしょって立つ人になり得る。ここにいちゃ、もったいないって話だ」

「では、叔父さんは諦めて仏師になったんですか？」

「……いや、もちろん消極的な気持ちばかりじゃないよ。彫りたかったからだ、仏を」

けれど、組織から離れていると不安になることもあるのだと本音も漏らした。

揺れる気持ちはわかるが、昌運には仏師の道を後悔してほしくなかった。昌運の仏像に魅せられ、これからその道に飛び込もうとしている伊織としては。

「私も仏を彫っていきたいんです。マサ叔父さんの弟子になって」

「お前と師弟関係なんて気が進まないけど……やるなら、私は厳しくするよ」

「構いません。それで、独立するときに、あの四天王像をもらえませんか？」

伊織が棚に並んでいる四体の仏像を指差すと、昌運はくしゃりと相好を崩した。その中から毘沙門天像を取りあげて、

「ただの習作だぞ」

と、伊織を振り返った。

「その仏が欲しいんです」

その毘沙門天像から、若かりし日の昌運の迷いや熱意が伝わってくる。彫り手の気持ちが出過ぎている感はあるが、それを包み込む仏の慈悲深さも感じられる。その仏の心もまた昌運の優しさが反映されたものだと思う。

伊織が真っすぐ見つめ返すと、昌運は長嘆息して呟いた。

「まったく、お前にはほだされてしまうね」

この弟子入りが後に昌運を追い詰めることになるとは、そのとき伊織は思ってもみな

かったのだ。ひょっとすると、昌運には予感があったのかもしれない。今思えば、「厳しくするよ」という言葉は彼の覚悟を表していたようにも感じられる。

芋づる式に、材木置き場に横たわる昌運の姿を思い出し、背中に嫌な汗が伝う。

高窓から西日が差し込んで、庫内は血に染まったように赤かった。昌運の首には切れたロープが首に巻きついていて、抱き起した体は冷えていた。

伊織は一度きつく目を閉じて、大きく息を吐くと同時に目を開けた。記憶の回路を断ち切るように、目の前の毘沙門天像に意識を集中させる。掃除がしやすいように、宝塔や腕など取れる部分を外していく。頭を取り外すと、像の胎内に細く巻かれた白い紙が入っているのが見えた。経文だろうか。紙を広げる指が自然に震えた。見覚えのある独特な崩し字が現れ、ハッと息を吞む。

『善哉《ぜんざい》、青藍氷水《せいらんひょうすい》』

善きかな、青は藍より取りて藍より青く、氷は水からできて水より冷たい。――弟子が師を超えるのはすばらしいことだ。そう書かれていた。

独立するときに、と、伊織がねだったからだろう。昌運は、はなむけの言葉を用意してくれていたらしい。――いつの間に仕込んだのだろうか。四年前には毘沙門天像は工房から消えていた。それより前ということか。

「気が早いですね……マサ叔父さん。早く目を覚まして、ちゃんと声に出して言ってください よ」

小声で呟いて、両手で顔を覆った。

「伊織さん？　どうかしましたか？」

背後から麿夢の声が聞こえたが、伊織は答えられなかった。

………　エピローグ　………

およそ四カ月後、四月。

仏師三玉伊織の初めての仏像彫刻展が開催されることになった。場所は以前生徒作品展を開いたギャラリーである。作品は主に工房に置かれていた過去の作品だが、お披露目をするのはほぼ初めてのものだ。磨夢の母の秘密の鍵を内蔵した地蔵菩薩像も、出入り口付近の一番目立つ場所に立っている。

「いよいよですね」

磨夢が声をかけると、美貌の仏師が振り返った。自身が仏と見紛うほどの穏やかな笑みを湛えて。今日の伊織は作務衣でなく濃紺のスーツ姿だ。髪は束ねず、さらりとした長い前髪をかき上げて後ろに流している。

伊織は腕時計をチラリと見やり、磨夢を見下ろした。

「入学式は何時です？」

「九時です。八時十分のバスに乗ります。渋滞にはまると困るんで、ちょっと早めに」

磨夢はガラス張りのギャラリーの外に見える通りのバス停を指さした。

「あと二十分ほどですね。……磨夢、少々ネクタイが曲がっていますよ」

伊織は膝を曲げて磨夢のスーツの胸元に手を伸ばした。

「どうもうまくできなくて」

「これからスーツを着る機会も増えるでしょうから、追々慣れていきなさい」

磨夢は今日から通学型の単位制高校に通う。高校卒業資格を取るためだ。レンゲ荘の管理人と伊織の工房のバイトをしながら、週三日学校で授業を受けることになる。相変わらず将来は何も見えていない磨夢だが、この資格だけは持っておきたいと思ったのだ。炬燵猫卒業の証として。

伊織と足立は大いに賛成してくれた。伊織が父親のように入学の準備に付き合ってくれたので助かった。スーツを見立ててくれたのも伊織だ。

「せっかくの磨夢の晴れ姿ですから、外で写真を撮りましょうか」

ギャラリーの前は伊織の初個展を祝うスタンド花に彩られ華やかだ。花の器には、カフェ庵と工房の彫刻教室の生徒や、磨夢に六地蔵を引き合わせてくれた宝明寺、不動明王の目の修復をした常音院、三玉グループ社長、大門菊枝や笠原譲、知った名前が書かれた名札がついている。みんな伊織の個展を盛り上げようとしてくれているのだ。

「さあ磨夢、正面に立ちなさい」

花の前に立たされ、伊織にスマホを向けられる。

写真を避けてきたせいだろうか、正直、伊織の写真撮影の腕前はがっかりするほど下手だ。伊織は自分で撮った画像を確認して「うーん」と眉根を寄せている。

「暦夢の表情がぎこちなさすぎるからですかね、あまりぱっとしない」

「……人の顔のせいにしないでくださいよ。ちょっと見せてください」

画像を覗き込むと、肝心の暦夢はぼやけていて、ガラス張りのギャラリーの中にいる地蔵菩薩像にピントが合っている。

「何で仏が中心なんですか」

「仏の方がよい表情をしているからでしょう。君も少し爽やかに笑ってごらんなさい」

「いい加減認めてください、伊織さんは写真撮るのが下手です。今度は僕が撮りますから、伊織さんもこっちへ来て」

手招きして呼び寄せると、伊織はつんと顎を上げ、

「暦夢と写真を撮ると、腰を屈めないといけないので疲れるんですよね」

ブツブツと文句を言って膝を折った。

「仕方ないでしょう、僕が身長を伸ばすことはできないんですから」

自分と伊織が花に囲まれている構図にするために少し高くスマホを掲げてシャッター

を切った。

　スマホをしまい、そろそろバス停へ行こうかと顔を上げたとき、

「麿夢、入学祝いをあげましょう」

「え？　お祝いならもうたくさんいただきましたよ」

「ふふふ。たいしたものではないのですが」

　伊織がスーツの胸ポケットから出したのは、小指の第一関節ほどの仏手をふたつ紐に通したストラップだった。表している印相は、「安心しなさい」と手のひらを正面に向けて見せる施無畏印と「願いを叶えましょう」と指を下に向けて差し出される手のひら、与願印だ。

「彫刻教室の生徒さんが猫の肉球ストラップを作っているのを見て思いつきました。麿夢は仏手を見るのが好きそうですから、仏手ストラップを」

「かわいいですね、これ。ありがとうございます。うれしいです」

　まじまじと見ると、指の関節まで細かく彫られている。

「麿夢、知っていますか、お釈迦様の手には水かきがあるんですよ」

「あ、本で読んだことがあります。なんていうんでしたっけ？」

「手足《しゅそく》指《し》縵網相《まんもうそう》。人々を漏れなく救えるように、取りこぼさないように、ということを

表しているんですよ。如来の三十二相のひとつです。釈迦の三十二個の優れた身体特徴のことですね。これをさらに詳しく説明したものを八十種好《はちじっしゅごう》といいまして――」

快弁がいっそう快弁になって、あ、蘊蓄語りに入ったな、と思う。こうなると伊織はまるで周りが見えなくなる。本当に残念なイケメンだ。けれど、身振りをつけて楽しげに仏を語る姿を見ると、自然に磨夢の口元は綻んでしまう。

彫刻を彫るときの真剣な姿も、怒ったら怖いところも、イケズなところも、仏師三玉伊織の魅力の一部だ。たくさんの化身を持つ仏のように、伊織もさまざまな顔を持つ。

春風に頬を撫でられ顔を上げると、バス停にバスが着くところだった。

「あ、バス。伊織さん、行ってきます」

ギャラリーの入り口で語る伊織を置いて、走って横断歩道を渡る。バスに駆け込んでギャラリーが見える位置のつり革を掴んだ。

伊織は先ほどの場所にいて、バスの中を窺うように目を細めていた。磨夢の姿を認めると、胸の高さに右の手のひらを出して見せた。恐れずに行けと背中を押してくれるように。

了

この物語はフィクションです。
実在の人物、団体等とは一切関係がありません。
本書は書き下ろしです。

浜野稚子先生へのファンレターの宛先

〒101-0003　東京都千代田区一ツ橋2-6-3　一ツ橋ビル2F
マイナビ出版　ファン文庫編集部
「浜野稚子先生」係

ファン文庫

仏師伊織と物語る像

2024年7月20日　初版第1刷発行

著　者　　浜野稚子
発行者　　角竹輝紀
編　集　　定家励子（株式会社imago）
発行所　　株式会社マイナビ出版
〒101-0003　東京都千代田区一ツ橋2丁目6番3号　一ツ橋ビル2F
TEL 0480-38-6872（注文専用ダイヤル）
TEL 03-3556-2731（販売部）
TEL 03-3556-2735（編集部）
URL https://book.mynavi.jp/

イラスト　　綾野六師
装　幀　　神戸柚乃＋ベイブリッジ・スタジオ
フォーマット　　ベイブリッジ・スタジオ
DTP　　富宗治
校　正　　株式会社鷗来堂
印刷・製本　　中央精版印刷株式会社

 ISBN978-4-8399-8613-1
Printed in Japan